Emmi Winter

Kein Millionär ist auch keine Lösung

Deutsche Originalausgabe

Emmi Winter
c/o Werneburg Internet Marketing und Publikations-Service
Philipp-Kühner-Straße 2
99817 Eisenach
E-Mail: winter.romane@gmail.com

ISBN 978-1520756554

Lektorat/Korrektorat: Natasha Klug/stk-Korrekturen
Covergestaltung: Daniela Krüger
Titelabbildungen: QQ7, Daniel Dash, beide Shutterstock

www.emmiwinter.com
Facebook: www.facebook.com/EmmiWinterAuthor
Instagram: www.instagram.com/emmi_winter_autorin

ERSTER TEIL

EINS

Mason

„Ich soll – was? Komm schon, Andrew, das kann nicht dein Ernst sein. Eine Millionärs-Schnulze? Ich? Niemals!" Ich lehne mich in meinem Schreibtischstuhl zurück und lockere mit der linken Hand meine Krawatte, während ich mit der rechten das Telefon fest umklammere.

„Aber diese Bücher gehen weg wie warme Semmeln", erklingt es sogleich vom anderen Ende der Leitung. „Molly Strigos Erstling *Küss mich, oh du anbetungswürdiger Millionär* geht nach nur drei Wochen in die sechste Auflage. Und Lona Michaels hat einen Top-Vertrag für ihre *OMG, wir daten einen Millionär*-Trilogie an Land gezogen."

„Lona Michaels hat auch vorher schon Schund geschrieben. Bisher allerdings über muskulöse einsame Cowboys, die sich auch gerne mal, wenn es denn eine Weihnachtsromanze sein musste, als Nikolaus verkleidet haben."

„Cowboys ziehen schon lange nicht mehr."

„Und zu Molly Strigo fällt mir nur das Wort Eintagsfliege ein."

„Da vertu dich mal nicht. Die Leserinnen stehen nun mal im Moment auf solche Geschichten. Millionäre faszinieren die einfach."

„Keine Ahnung, warum", kommentiere ich

trocken.

„Na, liegt das denn nicht auf der Hand? Das ist einfach eine andere Welt für diese Zielgruppe. Das sind einfache Frauen, die keine großen Karrieren gemacht haben, mit normalen, treusorgenden Männern verheiratet sind und die durchschnittlichen zweikommasechs Kinder zu versorgen haben. Drei bis viermal im Monat ehelicher Verkehr, Missionarsstellung, Dauer maximal fünf Minuten, Vorspiel Fehlanzeige. Einmal im Jahr in Urlaub fahren, alle sechs Jahre einen neuen Wagen."

„Zähneputzen zwei oder drei Mal am Tag? Zahncreme mit oder ohne Fluorid? Zahnseide? Mundwasser?" Ich schüttele den Kopf. „Wie kommst du bloß auf diesen ganzen Stuss?"

„Nicht ich, die Verlage. Zielgruppenanalysen im Zuge der Marktforschung."

„Die Leute, die da das Sagen haben, haben doch echt den Knall nicht gehört." Genervt verdrehe ich die Augen.

„Aber sie liegen mit ihren Einschätzungen meistens richtig. Einen Blick in das Leben eines Millionärs zu werfen, mitzubekommen, wie aufregend und abenteuerlich das Ganze ist, all der Luxus … das ist es, was die Leserinnen wollen."

„Ich *bin* Millionär", erinnere ich.

„Das weiß ich."

„Und mein Leben ist langweilig. Öde. Fad. Stinknormal."

„Tja, von dem, was du normal nennst, träumen andere Leute."

„Luxus mag ja sein. Aber Abenteuer? Lass mal überlegen … Ja, stimmt, vor ein paar Wochen hatte ich tatsächlich mal ein Abenteuer. Du weißt schon, als ich bei dir in London war. Das war echt heftig.“

„Lass hören.“

„Mein Chauffeur war nicht zur Stelle, und ich musste mir selbst ein Taxi heranwinken. Das war an der Regent Street. Wahnsinn, oder? Bei dem luxuriösen Leben, das ich seit ein paar Jahren führe, hatte ich beinahe vergessen, wie so was Alltägliches geht.“ Ich räuspere mich. „Ich sag dir was: Diese Millionärsschnulzen sind nicht erfolgreich, weil die Verlage ihre Leser so gut kennen und ihnen geben, was sie wollen, das wissen wir beide. Die kennen ihre Leser nämlich kein Stück. Die Leute müssen doch heute lesen, was ihnen vorgesetzt wird. Trends werden gemacht. Von Verlagen und dem Buchhandel. Dann läuft der Stuss zwei, maximal drei Jahre gut, wird ausgeschlachtet bis zum Gehtnichtmehr, und dann kommt der nächste Trend.“ Ich halte kurz inne. „Kennst du die Eulen?“

„Die … was?“

„Die Eulen. Sind dieses Jahr Trend im Einrichtungsbereich. Siehst du überall. Als Deko in Gärten, auf Terrassen, Dufteulen in Autos, Tapeten in Kinderzimmern, Lampen … Und soll ich dir was sagen? Jedes Jahr gibt es da einen anderen Trend. Letztes Jahr waren es Eichhörnchen, nächstes Jahr sind es vielleicht Wühlmäuse oder Stinktiere. Keine Ahnung, aber fest steht es mit Sicherheit schon längst, denn diese ‚Trends‘ werden gemacht. Vom Handel.

Jedes Jahr aufs Neue. Damit die Leute fleißig kaufen. Ist halt ähnlich wie im Buchgeschäft. Nicht die Kunden bestimmen, welche Deko-Artikel in sind und gekauft werden müssen, und nicht die Leser bestimmen, welche Bücher in den Buchhandlungen zu liegen haben und gelesen werden sollen."

„Wir Agenten können da aber auch nichts …"

„Ihr Agenten seid mindestens genauso schlimm!", schimpfe ich und merke, wie ich richtig ärgerlich werde.

„Jetzt wirst du aber ungerecht", protestiert Andrew.

„Ach ja? Was ist denn bitte euer Job? Eigentlich? Hm? Ich sag's dir: Ihr sollt Romane entdecken. Romane von Autoren, die ihr vertreten wollt. Romane, an die ihr *glaubt*. Und mit den Manuskripten zu den Verlagen gehen und dort die Interessen der Autoren vertreten. So war es mal und so sollte es immer noch sein, oder nicht? Aber was macht ihr denn heute? Heute lasst ihr euch von den Verlagen sagen, was die haben wollen, und sagt euren Autoren dann, was die zu schreiben haben. Im Grunde seid ihr nur noch für die Verlage tätig. Bezahlen aber dürfen wir Autoren euch gnädigerweise noch."

„Ich habe an deinen ersten Roman geglaubt", erinnert er mich.

Ich senke die Stimme. „Ich weiß. Und dafür werde ich dir immer dankbar sein. Aber dass du mich jetzt überreden willst, so einen Mist zu schreiben, nehme ich dir echt übel."

„Deine Romane ziehen eben nicht mehr", sagt

Andrew nun, und seine Stimme klingt anders. Ernster. Härter. „Die Leute wollen keine traurigen Liebesgeschichten mehr lesen. Dein erster Roman war ein Volltreffer, keine Frage. Dein zweiter lief auch noch gut, obwohl die Zahlen schon schlechter waren. Nummer drei hat erheblich nachgelassen. Und Nummer vier – tja, wo bleibt das Manuskript, das ist wohl die wichtigste Frage."

„Ich bin dran", sage ich. Meine Standardantwort seit ein paar Wochen.

„Vor allem bist du weit über deinem Abgabetermin. Die Leute im Verlag werden langsam unruhig. Immerhin hast du einen hohen Vorschuss kassiert."

„Den ich mühelos zurückzahlen könnte. Vergiss nicht, ich bin Millionär. Verdammte Scheiße, Andrew, du weißt doch, was ich schreiben will."

„Natürlich weiß ich das. Aber ich werde keinen Krimi von dir unterkriegen. Nirgendwo. Kein Verlag der Welt will einen Krimi von dir. Du bist Mason Cromwell, der König der Frauenromane. Bloß kommst du nicht damit zurecht. Warum eigentlich nicht? Nicholas Sparks schafft das doch auch. Und andere Autoren in diesem Genre haben es noch schwerer, die müssen sich sogar weibliche Pseudonyme zulegen, um erfolgreich zu sein. Weißt du eigentlich, wie gut du es hast?"

Ich verziehe die Miene. Wie oft ich das schon gehört habe!

Andrew stößt ein Seufzen aus. „Hör zu, Mason, ich will einen neuen Vertrag für dich abschließen, und zwar schnellstmöglich. Im Verlag will man dich auch nicht verlieren. Aber sie wollen eine Stiländerung. Der ganze Terror, der Brexit … die Leute haben genug Probleme, da wollen sie nicht noch traurige Romane lesen. Heile-Welt-Storys mit Happy End, das ist angesagt."

„Darauf könnte man sich ja auch einigen", antworte ich. „Allerdings ohne Millionär."

„Millionär ist Bedingung."

„Keine Chance. Ich schreibe über ganz normale Menschen, das habe ich immer getan, und das wird auch so bleiben."

„Ach, und du bist nicht normal? Nur weil du ein Millionär bist? Interessant."

Ich verdrehe die Augen. Das alles führt doch zu nichts. „Ich war nicht immer Millionär, und irgendwie fühle ich mich auch immer noch nicht wie einer."

„Dafür lässt du es dir aber erstaunlich gern gutgehen. Wie teuer war noch gleich deine Limousine?"

„Geld ist nicht alles. Am besten, du sagst den Typen im Verlag einfach mal, was ich will. Und dann sollen die zur Abwechslung das mal berücksichtigen."

„Ich kann's gern versuchen, Mason, aber zu allererst mal brauche ich von dir endlich eine definitive Zusage, wann ich dein aktuelles Manuskript …"

„Da kommt ein Anruf rein, Andrew, ich muss da rangehen", unterbreche ich ihn schnell, obwohl natürlich in Wahrheit gar kein Anruf reinkommt. „Bis dann."

Ich beende das Gespräch, ohne dass er noch etwas

erwidern kann, springe auf und gehe hinüber zum Fenster meines Arbeitszimmers. Die Aussicht, die sich mir bietet, ist wirklich wunderschön und hat es bisher immer geschafft, mich zu beruhigen. Grün, grün, grün, soweit das Auge reicht.

Mein Haus liegt auf der Kuppe eines Hügels. Na ja, eigentlich ist es weniger ein Haus, als … Ja, okay, ich wohne in einem Schloss. Neben einer Villa in Miami Beach ist das wohl das Klischeehafteste, was man sich nur vorstellen kann. Aber die Lage ist wirklich traumhaft. Im Tal unterhalb meines Anwesens gibt es eine kleine Ortschaft, durch die sich wie ein silbernes Band ein Fluss schlängelt. Dahinter erheben sich, gewaltig und majestätisch, die schottischen Highlands.

Wirklich, ich kann mich nicht beschweren, aber es ist auch nicht so, dass ich jeden Tag darüber nachdenke, wie ich hier lebe, denn ich kenne es nicht anders. Ich bin hier nämlich geboren und aufgewachsen. Aber eine Weile lang aus dem Fenster schauen hilft bei mir sonst besser als Zen Yoga. Doch all das dringt heute nicht wirklich zu mir durch. Dieses Gespräch mit Andrew hat mich mehr mitgenommen, als ich ihm gegenüber zugeben wollte.

Ich kneife die Augen zusammen, wende mich wieder vom Fenster ab und sehe nun Sie an. Ja, genau Sie. Na, was sehen Sie, wenn Sie mich anschauen? Ich weiß, einen großen, attraktiven Mann. Durchtrainiert, muskulöse Oberarme, das weiße Hemd spannt sich über einen Bizeps, für den manch anderer Mann einen Mord begehen würde. Kurzes dunkles Haar,

Dreitagebart, Lippen, die Sie nur zu gern schmecken würden – versuchen Sie gar nicht erst, es zu leugnen. Dann diese Augen … von einem so faszinierenden Blau, wie Sie es noch nie zuvor gesehen haben.

Und die vor Wut nur so blitzen.

Ja, ich bin wütend. Wütend, weil man mir derart in meine Arbeit reinreden will. Wissen Sie, als ich vor nunmehr acht Jahren *Unsterbliche Liebe* rausbrachte, tat ich es aus ganz bestimmten Gründen. Und ehrlich, ich habe nicht an einen Erfolg geglaubt. Noch ehrlicher: Ich hatte sogar gehofft, dass das Buch kein Erfolg wird und bald in der Versenkung verschwindet. Warum? Nun, das ist nicht ganz einfach zu erklären, ich bin da auch ein bisschen in der Zwickmühle. Millionäre sind halt nicht nur reich, sexy und erfolgreich, sondern in vielen Fällen auch geheimnisvoll. Was wiederum daran liegt, dass sie meistens ein oder mehrere große Geheimnisse mit sich herumschleppen. Nun, das hier ist mein Geheimnis, und Sie können sich vorstellen, dass ich dieses nicht so einfach lüften werde.

Jedenfalls kam dann der Erfolg. Ein Millionenvertrag für die Taschenbuchausgabe, Übersetzungsrechte in alle möglichen Sprachen … und schließlich die Verfilmung, die mich zum Multimillionär machte. Etwas, woran ich mich bis heute nicht wirklich gewöhnt habe. Nicht, dass ich vorher nicht schon mit großen Geldbeträgen zu tun hatte. Nur war das eben nicht mein Geld, sondern das der Kunden der Bank, in der ich bis zu meinem Durchbruch als Schriftsteller gearbeitet habe. Und heute? Heute habe ich mir ein eigenes Imperium aufgebaut. Habe allein vier Angestellte, die sich nur um meine Auftritte in sozialen Netzwerken kümmern. Drei weitere beantworten Fanpost, zwei tun nichts anderes, als Honorarzahlungen zu überwachen, und Leute, die Termine mit Verlagsvertretern und der Presse für mich organisieren, brauche ich auch. Dann habe ich noch eine persönliche Sekretärin und einen Chauffeur. Eine ganze Schar von Gärtnern und Handwerkern kümmert sich um mein Anwesen. Und was soll ich sagen? Ich habe mich noch immer nicht in dieser für mich neuen Welt eingewöhnt. Zumindest sehe ich nicht, was daran eigentlich so toll sein soll. Im Grunde ist es genauso langweilig wie damals mein Job in der Bank. Bloß dass es jetzt um mein Geld geht. Und nun will man, dass ich über Typen wie mich selbst schreibe und mich noch mehr langweile? Allen Ernstes?

Entschieden schüttele ich den Kopf, gehe hinüber zu der kleinen Sitzecke auf der anderen Seite meines Arbeitszimmers und lasse mich auf einen der Ledersessel sinken. Die Beine ausgestreckt, lehne ich mich zurück, lege den Kopf in den Nacken und starre an die Decke. Vielleicht brauche ich einfach mal wieder ein bisschen Ablenkung von all dem. Ein Besuch im Club wäre genau das Richtige …

Der *Millionaires NightClub* ist meine Anlaufstelle, wenn ich Ablenkung brauche und mal wieder so richtig Frust ablassen will.

Und Frust ablassen muss ich in letzter Zeit ziemlich häufig.

Automatisch taucht das Bild der heißen Blondine

vor meinen Augen auf, die ich vor drei Tagen im Club vernascht habe. Sie hat mich an der Bar angesprochen, ich habe sie kurz abgecheckt, und die Sache war klar. Wie sie aussah, weiß ich heute schon gar nicht mehr. Für Gesichter interessiere ich mich ohnehin nicht. Arsch und Titten müssen stimmen, das ist das Wichtigste für mich. Vor allem der Arsch. Am liebsten knalle ich die Tussis nämlich von hinten, weil ich keine große Lust habe, ihnen beim Poppen in die Augen zu sehen. Na ja, im berüchtigten Darkroom des Clubs besteht da ja sowieso keine Gefahr.

Es gab Zeiten, da war das mal anders, also das mit dem In-die-Augen-sehen. Ach was, da war ohnehin alles anders. Ich war kein Millionär, kein erfolgreicher Schriftsteller, brauchte auch nicht alle paar Tage eine andere. Da war nur die eine ganz bestimmte Frau. Ich habe sie geliebt, habe den Sex mit ihr geliebt und habe es geliebt, ihr beim Sex in die Augen zu sehen.

Unwirsch schüttele ich den Kopf. Ich sollte nicht daran denken, das ist Vergangenheit. Und Vergangenes kann man nicht ändern. So etwas wie Liebe ist mir seither jedenfalls nie mehr widerfahren, und das wird es auch nie mehr. Ich will keine andere Frau, will alleine alt werden und mit Frauen nur meine Bedürfnisse befriedigen, mehr nicht. Schnelle Nummern im Darkroom oder ab und zu auch mal eine ausgiebige Nacht in der Suite oberhalb des Clubs, die ständig für mich reserviert ist – das ist alles, was ich will.

Wieder wandern meine Gedanken zu der Blondine von letzter Woche. Ich habe ihr erst einmal

Champagner ausgegeben, das ist so üblich zum ersten kurzen Kennenlernen. Unwichtiger Smalltalk, dann ein bisschen Knutschen und ab in den Darkroom.

Natürlich habe ich sie vorgehen lassen, um den Blick auf ihren süßen kleinen Arsch zu genießen. Der schwarze Minirock war so kurz, dass eigentlich ein Waffenschein dafür nötig gewesen wäre.

Um den Darkroom selbst ranken sich viele Mythen. Dabei ist es einfach nur relativ großer Raum mit einigen Nischen, und wie der Name schon sagt, ist es da drin immer dunkel. Jetzt nicht wirklich stockduster, eher so, dass man noch Umrisse erkennen kann, wenn sich die Augen erst mal an die Dunkelheit gewöhnt haben.

Wenn ich mit einer in den Darkroom verschwinde, bin ich auf schnellen Druckabbau aus. So auch in diesem Fall. Kein großartiges Rumknutschen oder Rumfummeln mehr. Stattdessen schob ich Miss Blondchen durch die Dunkelheit in eine der Nischen, drückte sie gegen die Wand und schob ihren Minirock hoch, unter dem sie nichts trug.

Kurz darauf drang ich von hinten in die Kleine ein, die herrlich eng war, und ließ all meinen Frust der letzten Tage an ihr aus. Der entlud sich dann schließlich in einem Wahnsinnsorgasmus. Ob die Blonde auch einen hatte? Ich sag's frei heraus: Ist mir egal.

Ein Seufzen dringt aus meiner Kehle, als ich an die Nummer zurückdenke. Eins steht fest: Lange dauert es nicht, bis mich der Club wiedersieht.

ZWEI

Andrew

„Und? Wie ist das Gespräch mit Ihrem Sorgenkind gelaufen, Mr. Davenport?“, fragt Bekka Davis, meine Assistentin, als sie mit einer Tasse Kaffee in mein Büro stolpert. Sie stellt die Tasse vor mir auf dem Tisch ab. Der Duft steigt mir in die Nase, und eigentlich kann man mich mit einem guten Kaffee immer auf andere Gedanken bringen.

Das Problem ist nur, Bekkas Kaffee riecht vielleicht ganz gut, schmeckt aber nicht so. Um es frei heraus zu sagen, die Brühe, die sie kocht, ist mieser als Hundepisse. Und nein, ich werde nicht ins Detail gehen, woher ich weiß, wie Hundepisse schmeckt.

„Dann lass deine Assistentin keinen Kaffee kochen, sondern gibt ihr wichtigere Aufgaben, du Arsch“, werden einige von Ihnen jetzt vermutlich sagen. Tja, was meinen Sie, was ich immer wieder versuche? Ich habe sie sogar schon angefleht, keinen Kaffee mehr zu kochen.

„Wissen Sie, Bekka“, habe ich gesagt, „das kommt heute einfach nicht mehr so gut. Ein Vorgesetzter, der seine Mitarbeiterin Kaffee kochen lässt, gerät schnell in Verruf. Also bitte, bitte, lassen Sie mich meinen Kaffee selbst kochen, ja?“

Und was hat sie getan? Den Kopf geschüttelt und mir strahlend erklärt, dass es für sie eine große Freude sei, weiterhin Kaffee für mich zu kochen. Dass sie einfach für ihr Leben gern Kaffee kocht, alles übers Kaffeekochen weiß und sogar ihre Großmutter, die sie bis zu deren Tod gepflegt hat, noch am Sterbebett mit immer neuen Kaffeekreationen überraschte.

Die arme Oma. Hoffentlich hat's nicht zu lange gedauert.

Ich winke ab. „Nicht so gut. Vom Genre der Millionärs-Liebesromane will er nichts wissen. Aber das war auch nicht anders zu erwarten. Mason ist halt … nicht ganz einfach."

„Mason Cromwell, der König der Frauenromane … Wenn Sie mich fragen, ist der Kerl ein Arsch."

„Ach, was Sie nicht sagen." Ich blinzele. „Und was verleitet Sie zu dieser Einschätzung?"

Sie hebt die Schultern. „Diese Typen sind immer Arschlöcher. Millionäre eben."

„Nun, Sie gehören jedenfalls eindeutig nicht zur Zielgruppe", murmele ich, mehr zu mir selbst als zu meiner Assistentin, und kann mir ein Grinsen nicht verkneifen.

Fragend sieht sie mich an. „Welche Zielgruppe?"

„Die der Verlage."

„Ach ja, weil die uns Frauen im Moment diese schrecklichen Millionärsschnulzen vorsetzen." Sie schüttelt sich theatralisch. „Grausam, wirklich."

„Die Nachfrage ist ja ganz offensichtlich da", stelle ich fest. „Werfen Sie mal einen Blick auf die Bestsellerlisten, dann sehen Sie es."

„Kommen Sie schon, ich weiß, wie das Geschäft funktioniert. Schließlich habe ich ein paar Jahre als

Lektorin gearbeitet. Das hat nichts mit Nachfrage zu tun. Die Leute lesen halt, was man ihnen vorsetzt und was beworben wird. Nehmen wir meine Freundin Linda. Linda ist wirklich das perfekte Beispiel dafür. Absolute Leseratte. Vor ein paar Jahren las sie mit Begeisterung die *innen*-Romane."

Ich weiß natürlich sofort, was Bekka meint. *Innen*-Romane werden bei uns historische Liebesschnulzen mit weiblichen Heldinnen genannt, die nicht nur von den Covern her eindeutig diesem Genre angehören, sondern auch stets ähnliche Titel haben. *Die Stoffnäher*in, *Die Wasserwieger*in, *Die tapfere Kreuzritter*in … So was eben.

„Nun, das hielt genau so lange, wie der Trend anhielt", fährt meine Assistentin fort. „Danach kam die Love and Landscape-Welle."

Liebesromane mit ausführlichen, oft ermüdenden Landschaftsbeschreibungen.

„Und wer las die mit Begeisterung? Genau, Linda! Dann waren eher tragische, traurige Liebesromane an der Reihe."

Mit denen Mason erfolgreich wurde.

„Vor drei Jahren rückten die Landwirte in den Fokus der Verleger. Linda sprach von nichts anderem mehr, hat nur noch Bücher mit Bauern gelesen. Oh, diese sexy, hart arbeitenden Naturburschen … Jetzt", sie macht eine bedeutungsschwere Pause, „jetzt sind die Millionäre an der Reihe. Und drei Mal dürfen Sie raten, für welchen Typ Mann Linda im Moment schwärmt. Na? Richtig. Millionäre!" Sie schüttelt den Kopf. „Kommen Sie schon, Mister Davenport, Sie wissen ebenso gut wie ich, dass diese Trends und Erfolge gemacht werden."

Natürlich weiß ich das. Und natürlich hatte auch Mason vorhin mit allem, was er sagte, recht. Der Vergleich mit den Eulen ist schon ganz treffend. Den Leuten wird vorgesetzt, was sie zu kaufen haben. Aber ist da irgendetwas Verwerfliches dran? So funktioniert das Geschäft nun mal, und ja, Bestseller entstehen in der Regel nicht einfach so, sie werden von langer Hand geplant.

Was meine Tätigkeit als Literaturagent angeht – Masons Vorwurf tat zwar im ersten Moment weh, aber letztendlich stimmt auch diese Einschätzung. Der Beruf ist nicht mehr der, der er früher einmal war und den ich mit Leidenschaft ausgeübt habe. Wenn ich das Werk eines unbekannten Autors entdecke, das mich umhaut, mich berührt, dann kann ich damit zwar immer noch zu den Verlagen gehen und versuchen, es unterzubringen, aber die Chance, dass es klappt, geht praktisch gegen null. Heute läuft es nämlich so: Die Verlage sagen uns Agenten, was sie brauchen, und wir geben das an unsere Autoren weiter, mit der dringenden Bitte, haargenau das abzuliefern. Das fängt beim Genre an, geht dann weiter über die Perspektive, in der die Romane geschrieben werden sollen (im Moment ist die Ich-Form angesagt wie nie, am besten noch im Präsens geschrieben, Gott, wie ich das hasse!), und hört beim Umfang des Romans auf. Im besten Fall sind die Autoren sofort begeistert und machen das, was die Verlage wollen, dann sind am Ende alle glücklich. Oder sie sind so wie Mason. Dann wird's schwierig.

Mason …

Manchmal frage ich mich, wie mein Leben heute aussehen würde, wenn er damals, vor fast zehn Jahren, nicht in mein Leben getreten wäre. Oder wenn ich eben keinen Blick in sein Manuskript geworfen und es direkt in Ablage P gegeben hätte.

Nun, ich wäre wahrscheinlich immer noch da, wo ich damals war: am Ende meiner Karriere. Fraglich, ob ich ohne Mason die Kurve noch einmal gekriegt hätte.

Das war schon eine blöde Sache damals. Erst erfolgreicher Agent in einem großen Londoner Haus, dann … zack, weg vom Fenster. Ein dummer Fehler, keinen interessiert mehr das, was du mal geleistet hast.

Ich habe damals versucht, irgendwo anders unterzukommen, keine Chance. Aus der Not heraus habe ich meine eigene Agentur gegründet – eine Ein-Mann-Firma, sozusagen. Die Erfolge hielten sich in Grenzen, es reichte kaum, um über die Runden zu kommen.

Tja, und dann trat Mason in mein Leben …

„Ich brauche sein Manuskript“, sage ich nun zu Bekka und wechsle damit das Thema. „Masons Abgabetermin ist längst überschritten, aber er vertröstet mich immer nur.“

„Klarer Fall von Schreibblockade, würde ich mal sagen.“ Meine Assistentin hebt die Hände. „Tja, so sind diese Typen. Nach dem Durchbruch leben sie in Saus und Braus, kriegen nichts mehr richtig auf die Reihe, lassen immer mehr nach, und am Ende klappt gar nichts mehr.“

Wieso habe ich nur das Gefühl, Bekka spricht da aus Erfahrung?

Bekka … Sie arbeitet jetzt seit einem viertel Jahr für meine Agentur, die in all den Jahren, in denen ich Mason betreue, beträchtlich gewachsen ist. So beschäftige ich inzwischen zwei weitere Agenten, zwei Mitarbeiterinnen, die sich um Auslandslizenzen kümmern, eine Buchhalterin und eben Bekka, meine Sekretärin. Bekka stellte sich gerade im rechten Moment bei mir vor, nämlich als meine vorherige Sekretärin, Ruth, bei mir kündigte, weil sie ein Angebot von einer größeren Agentur bekommen hatte.

Nun, um genau zu sein, stellte sich Bekka nicht einfach bei mir vor, eher war es so, dass sie mich um einen Job anbettelte. Ich will jetzt nicht übertreiben, aber sie war schon ziemlich verzweifelt. Dabei weiß ich nicht mal genau, warum eigentlich. Sie hat zwar ein gutes Zeugnis von dem Verlag ausgestellt bekommen, für den sie als Lektorin tätig war, gleichzeitig ist es in der Branche ein offenes Geheimnis, dass sie irgendetwas ausgefressen hat. Was, weiß außer den Betroffenen niemand. Aber kein Verlag wollte sie mehr einstellen, und als sie zu mir kam, hat sie daraus auch kein Geheimnis gemacht.

„Ich sag es Ihnen lieber gleich, Mr. Davenport“, waren ihre Worte gewesen. „Ich hab Scheiße gebaut. Richtig große Scheiße. Aber wenn Sie mich einstellen, beweise ich Ihnen, dass mir so etwas kein zweites Mal passiert.“

Details über ihr „Scheißebauen“ wollte sie mir nicht verraten. Tja, was sollte ich also tun? Ganz einfach: Die Kleine wegschicken, natürlich. Was auch sonst? Ich kannte sie schließlich nicht, und die bloße Tatsache, dass sie entschlossen war, kein zweites Mal Scheiße zu bauen, bewog mich nicht gerade dazu, sie einzustellen. Was sollte ich schließlich davon haben? Außer vielleicht einen Haufen Verlagsleute, die dann auf Abstand zu mir gehen würden. Denn Sie müssen wissen: Wer jemanden beschäftigt, der in der Branche in Verruf geraten ist, gerät schnell selbst in Verruf.

„Ich verspreche Ihnen auch, Ihnen jeden Tag Kaffee zu hocken", versuchte sie weiter, mich zu überreden. „Ich koche nämlich sehr gerne Kaffee."

„Warum arbeiten Sie dann nicht als Barista?", habe ich gefragt.

Nun, eine Antwort blieb sie mir schuldig. Inzwischen kenne ich den Grund zwar und kann nur hoffen, dass sie wirklich niemals von jemandem fürs Kaffeekochen bezahlt wird, aber die Aussicht auf eine Sekretärin, die mir jeden Tag Kaffee kocht, war es nicht, die mich schließlich dazu bewog, sie einzustellen. Wohlgemerkt noch am selben Tag.

Nein, es war einfach nur Mitleid. Mitleid mit einer Frau, die unbedingt beruflich vorankommen will und von keinem mehr eine Chance bekommt, weil sie mal ordentlich ins Klo gegriffen hat. Wie man sich in so einer Situation fühlt, weiß ich nämlich, wie schon erwähnt, zufällig ganz genau.

Denn auch ich habe mal Scheiße gebaut. Kräftig sogar.

„Also, ich mache dann jetzt mal Feierabend, Mr. Davenport", reißt Bekka mich aus meinen Gedanken.

„Oder brauchen Sie noch irgendetwas?"

Ich schüttele den Kopf. „Nein, danke, Bekka, gehen Sie nur."

„Okay", sagt sie und schnappt sich ihre Jacke von der Garderobe. „Also dann bis morgen, Mr. Davenport. Und vergessen Sie nicht, Ihren Kaffee zu trinken, bevor er ganz kalt ist."

Ich bemühe mich, einen Würgereiz zu unterdrücken, nicke ihr noch einmal zu, und als sie durch die Tür geht, bin ich mit meinen Gedanken schon wieder ganz woanders.

Beim Mason-Problem.

Himmel, wie soll ich diesen Kerl bloß zur Vernunft bringen? Ich meine, ich bin nicht blöd, natürlich weiß ich, dass Bekka mit ihrer Vermutung ganz richtig liegt: Mason *hat* eine Schreibblockade. Genau deshalb vertröstet er mich und den Verlag immerzu. Ich kenne so was, habe viele Autoren betreut, die nach ihren ersten Werken, manchmal sogar gleich nach dem Debüt, keine Zeile mehr zu Papier gebracht haben. Sie sitzen dann von morgens bis abends vor ihrem Computer und suchen nach Worten. Die sie nicht finden. Irgendwann ist der Tag dann rum, und am nächsten Tag geht dann alles von vorn los. Bei manchen dauert dieser Zustand eine Woche, bei anderen mehrere Monate, in ganz schlimmen Fällen den Rest des Lebens. Alles schon da gewesen.

Nun, ich kann mir nicht vorstellen, dass Mason überhaupt nie zu alter Form zurückfinden wird. Aber die Tatsache, dass ich ihn nun auch noch dränge, als nächstes Projekt etwas zu schreiben, das er partout nicht schreiben will, trägt sicher nicht dazu bei, seine Blockade zu lösen. Auch das ist mir klar. Aber was soll ich machen? Die Verlagslandschaft ist kein Zuckerschlecken, auch nicht für uns Agenten. Weder im Allgemeinen noch für mich im Speziellen. Was nicht nur an meiner Vergangenheit liegt, sondern auch an meiner hirnverbrannten Entscheidung, Bekka für mich arbeiten zu lassen.

Seufzend lehne ich mich in meinem Bürostuhl zurück. Was ich bräuchte, wäre jemand, der Mason mal auf die Finger schaut. Die Lage checkt. Bei ihm ist, ihn motiviert. Ihm gut zuredet, auch mal andere Wege zu gehen und, verflixt noch mal, sich dem Wandel in der Verlagslandschaft anzupassen.

Und jemand, der ihn dazu bringt, endlich diesen verflixten Roman zu Ende zu schreiben. Einen Lektor, der sein Handwerk versteht und fähig ist, mit Mason zusammen an diesem Roman zu arbeiten.

Aber wer sollte das machen?

Nun, die Person müsste auf jeden Fall weiblich sein. Nicht, dass Mason sich von Frauen mehr sagen lässt als von Männern, aber Männern steht er grundsätzlich von Anfang an misstrauischer gegenüber. Dann sollte die Frau nicht zu gut aussehen, also auf keinen Fall eine dieser Model-Schönheiten. Mit der würde er nur ins Bett springen. Und dann sollte sie forsch sein und in der Lage, ihm auch mal die Meinung zu sein.

Du meine Güte, woher, in Gottes Namen, soll ich so eine Person nehmen?

Mein Blick fällt auf die Kaffeetasse vor mir auf

dem Schreibtisch, und plötzlich ist die Antwort da.

DREI

Bekka

„Irgendwann mache ich meinen Traum wahr, du wirst schon sehen.“ Entschieden nicke mir selbst zu, setze das Glas an meine Lippen und nehme einen großen Schluck von meinem Wodka Lemon. „Irgendwann!“

„Du hast echt voll den Schaden, Bekka.“ Linda, meine beste (und im Übrigen auch einzige) Freundin, schüttelt den Kopf und nippt an ihrem Earl Grey. „Ich kenne wirklich niemanden außer dir, der auf so eine verrückte Idee kommen würde, einen eigenen Coffeeshop eröffnen zu wollen – und dann womöglich noch mitten in London, der Metropole, die von *Starbucks*, *Costa* und Co. beherrscht wird. Die restlichen Ketten und Tausenden kleineren Coffeeshops, die es auch noch gibt, lasse ich jetzt mal außen vor.“

Ich winke ab. „Das ist doch alles nichts im Vergleich zu dem, was ich vorhabe.“

„So, was hast du denn vor, hm?“

Ich sehe sie an kopfschüttelnd an. „Ist jetzt nicht dein Ernst, oder? Seit wir uns kennen, spreche ich von nichts anderem, und nun fragst du mich, was ich vorhabe? Aber gut, von mir aus! Also, mir schwebt ein ganz traditionelles Café vor, mit hübschen Gardinen an den Fenstern, selbstgestickten Tischdecken, hübschen Blümchentapeten und von Hand aufgebrühtem Kaffee. So, dass man sich wirklich wie bei Oma zu Hause fühlt. Na, ist das nichts?“

Linda schüttelt den Kopf. „Was soll ich noch dazu

sagen? Du weißt, ich hab dich echt lieb, Süße, aber die Sache solltest du dir aus dem Kopf schlagen. Das kann nichts werden. Ich meine, wer will so was heutzutage noch? Die Leute haben keine Zeit, sind busy … und wie schon gesagt, es gibt viel zu viel Konkurrenz. Außerdem müsstest du erst mal ein geeignetes Objekt finden – und das dann auch bezahlen können."

„Ein bisschen was hab ich mir ja schon zur Seite gelegt in den letzten Jahren."

„Und der Rest? Wie willst du den zusammenkriegen? Dein neuer Job wirft ja nicht gerade viel ab, oder?"

Ich greife wieder zu meinem Glas und trinke es nun leer. „Nein, tut er nicht", gebe ich leicht gereizt zurück und stelle das leere Glas eine Spur zu heftig auf der dicken Holzplatte des Pubtisches ab. Mr. Davenport ist ein guter Arbeitgeber, keine Frage. Dass er mir überhaupt einen Arbeitsplatz angeboten hat, grenzt für mich noch immer an ein Wunder. Ich hatte schon sämtliche Hoffnungen aufgegeben, überhaupt jemals wieder *irgendeinen* Job in der Branche zu bekommen, als ich bei ihm vorstellig wurde. Aber das Gehalt als einfache Sekretärin in einer kleinen Literaturagentur ist nun mal nicht mit den Summen zu vergleichen, die man als Lektorin in einem großen Verlagshaus bekommt.

„Es ist eine Chance", erwidere ich. Eine Chance, die mir außer Mr. Davenport niemand mehr geben wollte.

Nach dem Fiasko, das ich angerichtet habe, als ich den größten Fehler meines Lebens beging und gegen die wichtigste Regel im Berufsleben überhaupt verstieß.

Ich schüttele den Gedanken ab und stehe auf. „Willst du auch noch was trinken?“, frage ich, sehe dann aber, dass Lindas Teetasse noch fast voll ist, und winke ab. Am Counter bestellte ich zwei Wodka Lemon, bezahle, nehme die Drinks und gehe zurück zu unserem Tisch.

„Ich hab doch gesagt, ich hab noch Tee“, protestiert Linda, als sie die zwei Gläser in meinen Händen sieht.

„Wer sagt, dass die für dich sind?“, frage ich und stelle die Gläser auf meiner Seite des Tisches ab. „Ich hab nur keine Lust, ständig Nachschub zu holen.“

„Du weißt aber schon, dass Alkohol keine Lösung ist, wenn man gefrustet ist, oder?“

Ich zucke die Achseln. „Kein Alkohol ist aber auch keine Lösung, sage ich immer.“ Ich blicke auf ihr Teeglas und rümpfe die Nase. „Wie man aber abends in einem Pub Tee trinken kann, werde ich nie begreifen. Sowieso werde ich nie begreifen, wie man *überhaupt* Tee trinken kann.“

„Ähm, ich bin Engländerin.“

„Und? Ich auch. Trotzdem hasse ich Tee. Kaffee hingegen …“ Ich kneife die Augen zusammen. „Es ist jetzt fast fünf Jahre her, dass wir uns bei dem Yogakurs in Camden Town kennengelernt haben, und du hast bisher nicht ein einziges Mal auch nur irgendeine meiner Kaffeekreationen probiert“, sage ich vorwurfsvoll.

„Weil ich nun mal Teetrinkerin bin, wie oft soll

ich's dir noch sagen? Ich mag einfach keinen Kaffee." Sie trinkt noch einen Schluck, dann beugt sie sich über den Tisch zu mir vor und spricht nun etwas leiser, wobei ich die Ohren spitzen muss, weil ihre Worte nahezu komplett von den Gesprächen und dem Gelächter an den Nebentischen verschluckt werden. „Aber jetzt mal ehrlich, Süße, findest du nicht, es ist an der Zeit, erwachsen zu werden? Ich meine, immerhin wirst du nächstes Jahr dreißig …"

„Na, vielen Dank auch, dass du mich daran jetzt erinnern musst!" Genervt verdrehe ich die Augen. „Und überhaupt, was soll das eigentlich heißen? Dass man mich dreißig keine Träume mehr haben darf?"

„Nein, das nicht … Ich verstehe halt nur nicht, wieso es unbedingt ein eigener Coffeeshop sein muss. Du hast mit Kaffee doch gar nichts zu tun, du bist Lektorin."

„Kaffee ist meine Leidenschaft", erwidere ich nur. Noch mehr möchte ich Linda gegenüber gar nicht ins Detail gehen, sie belächelt das Ganze ja ohnehin nur und versucht ständig, mir mein Vorhaben auszureden. „Außerdem bin ich keine Lektorin mehr. Sondern eine einfache Sekretärin."

„Aber du warst Lektorin, und zwar eine erfolgreiche. Und ehrlich gesagt will es mir auch nicht in den Kopf, warum du dich jetzt mit einem Job zufrieden gibst, bei dem du nicht nur unterbezahlt, sondern auch unterfordert bist."

„Du weißt ja auch nicht, was bei *Tardigrade Books* vorgefallen ist."

„Ja, und warum? Weil du es mir nie gesagt hast."

„Verschwiegenheitsklausel", sage ich nur.

„Du liebe Güte, Bekka! Ich bin deine Freundin. Deine *beste* Freundin!"

Und einzige.

Ich senke den Blick. Linda hat ja keine Ahnung, wie gern ich mit ihr über das alles gesprochen hätte. Wie gern ich mir das Ganze auch jetzt mal von der Seele reden würde. Doch es geht nicht. Nicht nur wegen der Verschwiegenheitsklausel, sondern auch aus Scham. Wie hatte ich nur je so dumm sein können?

„Na ja, deine Sache." Sie macht eine abwinkende Handbewegung und nippt wieder an ihrem Tee. „Und ja, ich denke schon, dass man in unserem Alter mal ein bisschen auf den Boden der Tatsachen angekommen sein sollte, statt immerzu irgendwelchen Träumereien hinterherzuhängen."

„Das sagt jetzt ja wohl die Richtige!", erwidere ich, nun angriffslustig, und deute auf ihren E-Book-Reader, der neben ihrem Teeglas auf dem Tisch liegt. „Zeig mal her, das Teil."

Sie runzelt die Stirn, verdreht dann die Augen und seufzt. „Ach, nicht die Leier schon wieder", sagt sie, reicht mir den Reader aber rüber. „Bitte, wenn du dich dann besser fühlst."

Ich schalte das Gerät ein und sehe mir das E-Book an, das sie gerade liest.

„Küss mich, oh du anbetungswürdiger Millionär", stoße ich verächtlich hervor. „Und du sprichst vom Boden der Tatsachen? Dass ich nicht lache!"

„Das ist ja wohl etwas völlig anderes. Ich lese ein Buch, na und? Aber ich habe einen Job, der meinen

Fähigkeiten entspricht, und einen Ehemann, mit dem ich glücklich bin und bald eine Familie gründen möchte."

„Das ist ja alles ganz schön für dich, wirklich. Es freut mich, dass deine Arbeit als Rechtsanwaltsgehilfin bei Smith, Smith und Weathersby dich erfüllt und Matt und du glücklich seid. Aber wenn ‚auf den Boden der Tatsachen' für dich bedeutet, dass ich für den Rest meiner Tage als Angestellte für ein Anwaltsbüro arbeiten und einen braven Mann heiraten soll, um gleichzeitig irgendwelche Millionärs-Romanhelden anzuschmachten, dann kann ich nur sagen: Nein danke, das ist nichts für mich."

„Ich schmachte keine Romanhelden an."

„Doch, das tust du."

„Und wenn schon? Ist das ein Verbrechen?"

„Hab ich nicht gesagt. Ich finde es ehrlich gesagt nur ziemlich daneben, dass du mir vorwirfst, irgendwelchen Träumereien nachzujagen, während du im Grunde nichts anderes tust. Wobei deine Träumereien bei weitem unrealistischer sind als meine. Oder glaubst du, irgendwann wirklich mal deinem Traum-Millionär zu begegnen? Und was dann? Lässt du dich dann auf eine heimliche Affäre mit ihm ein? Oder lässt du Matt gleich sitzen?"

„Was du gleich wieder denkst." Linda winkt ab. „Von so was spricht doch keiner. Ich lese einfach gerne Liebesromane, was ist denn schon dabei? Eine kleine Flucht aus dem Alltag, sozusagen." Sie sieht mich aus zusammengekniffenen Augen an. „Aber vielleicht wäre es für dich ja das Beste, was dir passieren könnte."

Ich blinzele. „Was meinst du?"

„Na, ein Millionär! Du müsstest dir einen Millionär angeln, das wäre doch perfekt für dich. Dann könntest du deinen Sekretärinnen-Job schmeißen und sogar deinen Traum von einem eigenen Coffeeshop wahrmachen."

„Du spinnst ja."

„Aber warum denn? Ich finde die Idee gut."

„Erstens ist es sicherlich nicht so einfach, sich einen Millionär zu angeln, wie du es so schön ausdrückst, sonst würde es ja wohl so ziemlich jede Frau machen. Und zweitens – ich will keinen Millionär. Ich hasse diese Typen!"

„Du kennst doch gar keinen."

Wenn du wüsstest …

„Schon vergessen? Ich bin in einer Branche tätig, die dafür sorgt, dass solche bescheuerten Geschichten", ich nicke in Richtung ihres E-Book-Readers, „in den Handel kommen. Glaub mir, ich kenne diese Typen. Und wenn ich eines in meinem Leben nicht will, dann ist es ein Millionär. Diese Typen sind Arschlöcher."

„Aber …"

Ehe sie weitersprechen kann, ertönt der Klingelton meines Handys. Gott sei Dank. Kein Bock auf so eine bescheuerte Diskussion.

„Mein Chef", murmele ich verwundert, nachdem ich auf dem Display Mr. Davenports Nummer sehe. „Was will der denn?"

„Wirst du wohl gleich erfahren."

Ich nehme das Gespräch an. „Mr. Davenport, habe ich irgendetwas vergessen? Ich …"

„Nein, nein, keine Bange", beruhigt er mich sofort. „Ich brauche nur Ihre Hilfe."

„Na, dann immer raus damit! Sie wissen doch, für Sie stehe ich stets Gewehr bei Fuß."

„Haben Sie einen Koffer, Bekka?"

Einen Koffer?

Ich nicke. „Ja, natürlich. Ähm … wozu die Frage?"

„Weil Sie verreisen müssen."

Verreisen. Ach, wie interessant. „Ähm, warum, wenn ich fragen darf? Und vor allem – wohin?"

„Sie reisen nach Schottland. Genauer gesagt auf das Anwesen von Malcolm Cromwell."

Jetzt bleibt mir doch für einen Moment die Spucke weg. „Sie scherzen, richtig? Machen Sie Witze mit mir, Mr. Davenport?" *Oder haben Sie zu viel getrunken? Drogen genommen? War irgendetwas mit dem Kaffee nicht in Ordnung, den ich Ihnen vorhin gemacht habe?*

Aber nein, Letzteres kann ich ausschließen.

„Ganz und gar nicht." Er seufzt laut. „Hören Sie, Bekka", fährt er dann in ernstem Tonfall fort. „Es ist wirklich wichtig. Ich habe mir da nämlich etwas überlegt."

Das kann nichts Gutes sein …

„Also, Sie wissen ja, dass wir Probleme mit Mason haben."

Ich nicke erneut. Wozu eigentlich?

„Sie haben selbst festgestellt, dass er wahrscheinlich unter einer Schreibblockade leidet. Damit liegen Sie natürlich vollkommen richtig. Wie Sie aber auch wissen, ist es von höchster Wichtigkeit, dass er sein Manuskript endlich abliefert. Die Aasgeier von Wicker House sitzen uns im Nacken, und wenn nicht bald etwas passiert, machen sie Ärger wegen des Vorschusses."

„Na, den könnte Cromwell ja problemlos zurückzahlen. Der Typ hat heute mehr Geld als die Bank, in der er früher gearbeitet hat."

„Dann wäre er aber raus aus dem Geschäft. Und wenn Mason keine Bücher mehr unterbringen kann, braucht er auch keinen Agenten mehr. Sein Agent verliert dann seinen wichtigsten Autor und kann seine Angestellten nicht mehr bezahlen."

„Oh ..."

„Sehen Sie, Bekka, und genau deshalb sollten wir jetzt an einem Strang ziehen."

„Und wie genau soll das aussehen, dieses An-einem-Strang-ziehen?"

„Ganz einfach: Ich möchte, dass Sie ein paar Wochen auf seinem Anwesen in Schottland verbringen und mit ihm zusammen an seinem aktuellen Werk feilen. Außerdem wäre es ganz vorteilhaft, wenn Sie versuchen, ihm diese Millionärsromansache ein bisschen schmackhaft zu machen."

„Moment mal, ich soll bei ihm wohnen? Für länger?" Entsetzen packt mich. Cromwell ist nicht nur Schriftsteller, sondern auch Millionär. Und weder mit Schriftstellern noch mit Millionären will ich je wieder näher etwas zu tun haben. Und bei einem Schriftsteller-Millionär zu wohnen ist definitiv ‚näher'. „Nein, niemals!", sage ich deshalb entschieden.

„Bekka, ich …“

„Hören Sie, Mr. Davenport, das geht wirklich nicht. Und ich kann jetzt auch gar nicht weiter sprechen, da kommt gerade ein anderer Anruf rein, da muss ich rangehen. Also bis morgen dann, Mr. Davenport. Sie werden schon jemanden dafür finden. Also dann, bye.“

Hastig beende ich das Gespräch und lasse mein Smartphone auf den Tisch fallen, als hätte ich mich daran verbrannt. Ebenso starrte ich es auch noch eine Weile an.

„Was ist denn los?“, reißt Linda mich aus meinen Gedanken. „Wo sollst du hin?“

„Cromwell. Mein Chef will, dass ich zu Mason Cromwell fahre.“

„Wow“, sagt sie nur und sieht mit aus großen glänzenden Augen an. „Im Ernst? Und was sollst du da?“

„Mit ihm an seinem neuen Roman arbeiten, weil er den Abgabetermin längst überschritten hat.“

„Wow“, wiederholt Linda. „Aber das ist ja der Wahnsinn, Bekka! Weißt du, wie viele Frauen davon träumen? Der Typ ist nicht nur ein verdammt guter Autor, er sieht auch noch hammermäßig aus.“

„Ansichtssache.“ Ich kenne, wie Linda auch, Cromwell bisher nur aus Berichten in der Presse oder im Fernsehen. Persönlich begegnet bin ich ihm noch nie. Will ich auch nicht.

„Und er ist steinreich“, bemerkt Linda.

„Weiß ich. Haben Millionäre so an sich.“

„Aber das ist doch *die* Chance für dich, Bekka!“

„Chance? Was für eine Chance?"

„Na, für dein Café!"

„Mein Café?" Jetzt verstehe ich gar nichts mehr. „Das wolltest du mir doch eben noch ausreden. Moment mal, was sagtest du noch gleich? Träumerei?"

„Ja, aber durch Cromwell könnte aus dieser Träumerei was Realistisches werden. Du musst ihn dir halt nur angeln."

Einen Moment lang kann ich sie nur ungläubig ansehen. Dann lache ich bitter auf. „Du liest echt zu viele von diesen Schnulzen, Linda. Das bekommt dir nicht."

„Aber wieso denn? Das wäre doch echt der Wahnsinn! Du bräuchtest nur …"

„Hör mal, Linda", unterbreche ich sie genervt. „Bevor du noch weiter herumfantasierst: Ich werde mir diesen Cromwell ganz bestimmt nicht *angeln*. Weder ihn noch irgendeinen anderen Millionär. Ich *hasse* Millionäre!"

Linda grinst. „Erinnerst du doch noch, was du vorhin zu mir gesagt hast?"

„Was meinst du?"

„Dass kein Alkohol auch keine Lösung ist?"

Ich zucke die Achseln. „Und?"

„Tja, ich sage: Kein Millionär ist auch keine Lösung."

Ich sehe sie scheel an. Wie unglaublich witzig.

„Außerdem kennst du doch gar keinen."

Und ob ich einen kenne. Und er reicht mir für den Rest meines Lebens. Millionäre sind die Pest. Sie sind selbstsüchtig, arrogant, überheblich und glauben, sich mit Geld alles kaufen zu können. Also, nur noch mal zum Mitschreiben: Ich hasse Millionäre! Und deshalb sage ich Ihnen jetzt dasselbe, was ich auch Linda sage:

„Es bleibt dabei. Nichts und niemand wird mich dazu kriegen, auch nur einen Fuß in Mason Cromwells Haus zu setzen. In hundert Jahren nicht!"

ZWEITER TEIL

EINS

Bekka

Tja, genau 36498 Tage vor Ablauf der angekündigten hundert Jahre befinde ich mich wo? Richtig, auf dem Weg zu Mason Cromwells Anwesen.

Adieu, eigener Wille, jetzt ist es endgültig aus mit uns.

Nun, wie konnte das passieren? Ganz einfach: Mein Chef hat mich am selben Abend noch mal angerufen und all seinen Charme spielen lassen.

Und das sah in etwa so aus:

„Bekka, ich weiß, Ihnen gefällt das nicht."

Ich nickte. „Richtig."

„Aber ich bin in dem Fall wirklich auf Sie angewiesen." Er atmete hörbar ein. „Bekka, ich stecke in der Klemme."

Oh nein. Das klang nicht gut.

„Wenn ich Mason als Autor verliere – ich weiß nicht, wie lange ich die Agentur dann noch betreiben kann. Wie gesagt, er ist unser wichtigster Autor."

Das hatten wir doch schon mal.

„Und Sie werden sich doch bestimmt noch daran erinnern, wie es ist, wenn man in der Klemme steckt."

Aha! Also auf die Tour. Ganz übel.

„Und Sie werden sich doch auch bestimmt noch daran erinnern, wer Ihnen damals geholfen hat, als Sie in der Klemme steckten."

Wirklich absolut miese Tour.

Leider wirkte sie.

„Daher möchte ich noch einmal an Ihr Gewissen appellieren, Bekka. Ich brauche Sie für diesen Job. Bitte helfen Sie mir. Fahren Sie zu Mason und schauen Sie ihm ein bisschen auf die Finger. Unterstützen Sie ihn bei seiner Arbeit und sorgen Sie dafür, dass er endlich dieses verdammte Manuskript abliefert!"

Tja, so hat mein lieber Boss mich also dazu gebracht, über meinen eigenen Schatten zu springen und mich auf den Weg nach Schottland zu machen. Das ist halt das Blöde an der Sache, wenn man von jemandem eine Chance bekommt und derjenige dann selbst auch mal Hilfe braucht. Jetzt stecke ich mittendrin in dem Schlamassel.

Verstehen Sie mich nicht falsch, Mr. Davenport ist wirklich ein super Chef. Normalerweise würde ich so ziemlich alles tun, um ihm zu helfen, und zwar mit Freuden. Zu einem seiner Autoren zu fahren, noch dazu einem Millionär, ist aber in meinem ganz speziellen Fall mehr als eine Zumutung.

Und wenn Mr. Davenport den Grund dafür kennen würde – ich wette, dann hätte er mir diesen Vorschlag gar nicht erst unterbreitet.

Der Grund, weshalb ich meinen gutbezahlten Job als Lektorin bei Tardigrade Books verloren habe und kein Verlag mehr bereit war, mich anzustellen.

Nun, zum Glück gibt es Verschwiegenheitsklauseln, sodass alle zwar wissen, *dass* ich Scheiße gebaut habe, aber nicht, *was* für eine Scheiße.

Das wissen nur mein ehemaliger Arbeitgeber, ich … und ein millionenschwerer Schriftsteller. Zu dem ich damals geschickt wurde, um ihn auf seinem Anwesen bei seiner Arbeit zu unterstützen.

Na, erkennen Sie da gewisse Parallelen? Nun, ich schon. Und genau deshalb wollte ich auf keinen Fall hierher kommen. Nach Schottland auf Mason Cromwells Anwesen.

Nun, dummerweise ist das Leben kein Wunschkonzert. Jetzt bin ich also hier. In Schottland. Und werde gleich Mason Cromwell gegenüberstehen.

Allein beim Gedanken daran habe ich schon wieder das Gefühl, dass sich ein mittelschwerer Durchfall ankündigt. In meinem Bauch rumort es wie verrückt, alles zieht sich zusammen … nicht auszuhalten. Natürlich weiß ich, dass nicht ein Autor wie der andere ist. Und sicher ist auch nicht ein Millionär wie der andere. Das Ereignis, das meine Lektorinnen-Karriere beendet hat, muss sich also nicht zwangsläufig wiederholen. Was heißt zwangsläufig? Es *wird* sich nicht wiederholen, das ist mal klar. Das würde ich niemals zulassen.

Aber ich hatte mir halt fest vorgenommen, um solche Typen in Zukunft generell einen großen Bogen zu machen. Nicht nur, um so einen Fehler, wie ich ihn gemacht habe, nicht noch einmal zu begehen (die Gefahr besteht ohnehin nicht, glauben Sie mir, denn aus Fehlern lernt man ja bekanntlich, nicht wahr?), sondern vor allem, weil ich Männer dieser Art verabscheue. Jawohl, ich verabscheue sie. Und wie!

Jetzt wird wahrscheinlich wieder jemand sagen:

„Wie? Aber du kennst Mason Cromwell doch gar nicht. Vielleicht ist er ja ganz anders und womöglich sogar ganz nett.“ Linda hat das bereits gesagt, mehrmals sogar. Zuletzt heute Früh, bevor ich losgefahren bin. Da habe ich ihr am Telefon noch mal mein Leid geklagt.

Nun ist es aber ja nicht so, dass ich nichts über Mason Cromwell weiß. Ich weiß sogar eine ganze Menge von ihm. Nur eben nichts Gutes.

Der Kerl hat vor acht Jahren ein megaerfolgreiches Buch herausgebracht. Einen Liebesroman, ziemlich ruhig und traurig, also keiner dieser Schönwetterromane. Davor war er wohl einfacher Bankangestellter. Das sind halt so Schriftstellerkarrieren, wie die Presse sie am liebsten sieht: von null auf hundert innerhalb kürzester Zeit. Tja, genau die Kandidaten sind es aber, denen der ganze Erfolg dann auch besonders schnell zu Kopf steigt. Und das ist bei Cromwell eindeutig der Fall. Eigene Limousine samt Chauffeur, zig Angestellte auf seinem Anwesen, Mr. Davenport meinte sogar, dass der Typ Leute nur dafür bezahlt, dass sie seine Honorareingänge überwachen. Wahnsinn!

Das Anwesen, auf dem er wohnt, Dunadair Castle, hat er von seinen Eltern geerbt. Sein Vater starb schon, als Mason noch ein Kind war, seine Mutter kurz vor seinem Durchbruch als Schriftsteller. Als Mutter und Sohn hier lebten, war das Anwesen wohl völlig heruntergekommen. Damals hatten sie auch keine Angestellten oder sonst was. Inzwischen wurde es aufwändig renoviert, zudem beschäftigt Cromwell

Dutzende Arbeiter, die sich um alles, was das Anwesen betrifft, kümmern.

Das alles habe ich zum Teil aus der Presse, einiges hat mir aber auch mein Boss erzählt. Tja, damit, dass ich jemals mit eigenen Augen sehen würde, wie dieser Cromwell lebt, hätte ich nie gerechnet. Doch genauso ist es nun gekommen.

Die Fahrt hierher konnte ich nicht gerade genießen. Dazu war es entschieden zu früh am Morgen, als ich losgefahren bin. In und um London war es dann recht stressig zu fahren, hinterher auf dem M6 ziemlich langweilig, und die wundervolle Landschaft Schottlands ist dann schließlich auch irgendwie unbeachtet an mir vorbeigerauscht. Zu sehr war ich gedanklich mit dem beschäftigt, was vor mir liegt.

Doch als jetzt, es ist kurz nach zwei am Mittag, nach gut acht Stunden Fahrt Cromwells Anwesen in einiger Entfernung vor mir auftaucht, bin ich schon beeindruckt, das kann ich nicht leugnen.

Das Haus ist riesig, mit verschiedenen Flügeln, die zwischen ein und drei Stockwerke besitzen und aus dunklem, verwittert Naturstein bestehen. Es gibt mehrere Türme mit Zinnen und winzigen Fenstern. Doch im Hauptteil des Gebäudes sind sie bodentief und vermutlich nachträglich eingebaut worden.

Vor einem großen schmiedeeisernen Tor halte ich. Gerade will ich das Fenster herunterlassen, um einen Knopf an der Gegensprechanlage zu drücken, als ich es mir doch noch einmal anders überlege und zu meinem Handy greife. Ich rufe die Nummer meines

Arbeitgebers aus dem Speicher auf und stelle die Verbindung her.

„Und?", erklingt Mr. Davenports Stimme beinahe augenblicklich. „Sind Sie schon bei ihm, Bekka?"

„Ich stehe vor seinem Anwesen. Aber ehrlich gesagt …"

„Ja?"

Ich seufzte. „Nun, mich verlässt gerade ein bisschen der Mut. Ich meine, ich kenne diesen Mann doch gar nicht!"

„Ach, das wird schon, Bekka!" Mr. Davenport stößt ein Lachen aus, das jedoch ein wenig gequält klingt. „Ich habe eben erst noch mal mit Mason telefoniert. Er freut sich sogar, dass Sie kommen und ihn etwas unterstützen wollen."

Ich blinzele. „Im Ernst?"

„Aber ja doch! Seien Sie ganz beruhigt, Bekka, Mason ist ein wirklich umgänglicher Typ, und …"

Den Rest höre ich nicht mehr, denn da öffnet sich auf einmal wie von Geisterhand das große schmiedeeiserne Tor.

Ich schlucke.

„Was ist, Bekka? Sind Sie noch dran?"

„Das Tor ist aufgegangen", sage ich leise. „Aber ich habe noch gar nicht die Sprechanlage betätigt."

„Ich habe doch gesagt, Sie werden erwartet. Also, dann mal los. Ach, und Bekka?"

„Ja?"

„Viel Erfolg!"

Damit beendet er das Gespräch, und ich spüre, wie mir das Herz vor Aufregung bis zum Hals schlägt.

Jetzt gibt es also kein Zurück mehr, sage ich mir und fahre los.

Ich fahre die lange, von Buchsbäumen gesäumte Einfahrt hinauf. Vor dem Haupthaus halte ich an und stellte den Motor ab. Noch immer hämmert mein Herz wie verrückt. Ich atme tief durch, versuche, ein bisschen ruhiger zu werden, dann steige ich aus. Die frische Luft, die mir entgegenschlägt, ist eine Wohltat und beruhigt mich dann tatsächlich ein wenig.

Ich bin gerade ausgestiegen, als sich die Tür zum Haupthaus öffnet und eine kleine, ältere Frau nach draußen tritt. Ihr kinnlanges weißes Haar ist wellig, und sie hält es an den Schläfen mit jeweils einem Clip zurück. Der Kragen ihrer weißen Bluse ist frisch gestärkt, die Falten in ihrem Rock so scharf gepresst, dass man sich fast daran schneiden könnte.

Sie kommt geradewegs auf mich zu.

„Sie müssen Miss Davis sein, richtig?“, fragt sie und schenkt mir ein strahlendes Lächeln, das mir einfach nur das Gefühl gibt, willkommen zu sein.

Ich nicke. „Ja, das stimmt.“

„Ich bin Mairin, Mr. Cromwells Haushälterin.“ Sie streckt mir die Hand entgegen, und ich ergreife sie.

„Freut mich sehr“, sage ich, und das ist ehrlich gemeint, denn Mairin ist mir vom ersten Augenblick an sympathisch. Langsam spüre ich, wie die Aufregung von mir abfällt.

„Mr. Cromwell erwartet Sie in seinem Büro“, sagt Mairin nun. „Folgen Sie mir bitte.“

Wir gehen ins Haus. Die Eingangshalle ist atemberaubend und so groß, dass man sich darin verlaufen könnte. An den Wänden hängen riesige Gemälde, und es gibt sogar, ganz klischeehaft, zwei Ritterrüstungen, die die breite Treppe ins Obergeschoss flankieren.

Mairin deutet jedoch zu einer Tür im Untergeschoss, die in einen langgestreckten Korridor führt, von dem ein gutes Dutzend Türen abgehen.

Vor der letzten, am Kopfende des Flurs, bleibt Mairin stehen. „So", sagt sie fröhlich, „da wären wir. Wie gesagt, Mr. Cromwell erwartet Sie bereits."

Sie öffnet die Tür und bedeutet mir, hineinzugehen. Ich zögere noch, schließlich nicke ich und trete über die Schwelle. Ich höre, wie sich hinter mir die Tür wieder schließt, und sehe mich staunend um.

Beinahe kommt es mir vor, in eine andere Welt getreten zu sein. Während der Rest, den ich vom Anwesen bisher gesehen habe, eher altmodisch gehalten ist, ist der riesige Raum, in dem ich mich jetzt wiederfinde, so modern, dass es beinahe futuristisch wirkt.

Ein Schreibtisch aus Glas und Chrom, auf dem nicht ein, nicht zwei, sondern gleich drei riesige Computerbildschirme stehen. Ferner gibt es natürlich noch einen hypermodernen Drucker und anderen technischen Firlefanz, den ich nicht näher spezifizieren kann.

Das breite Fenster ist es, an dem mein Blick hängenbleibt. Jedoch nicht, weil es sicher einen grandiosen Ausblick bietet, das nehme ich gar nicht wahr. Nein, es ist der Mann, der meine

Aufmerksamkeit auf sich zieht. Der Mann, der vor dem Fenster steht und mir den Rücken zuwendet.

Mason Cromwell.

Er macht keine Anstalten, sich mir zuzuwenden, rührt sich nicht einmal.

Ich räuspere mich. Einmal. Noch einmal.

Keine Reaktion.

„Ähm … hallo."

Ähm … hallo? Oje, wie originell! Doch dann schüttele ich den Kopf. Ich bin schließlich nicht hier, um originell zu sein, sondern um meinem Boss einen Gefallen zu tun.

Noch immer keine Regung bei Mr. Erfolgsautor.

Also noch ein Räuspern.

Jetzt endlich dreht er sich um. Während er das tut, erinnere ich mich daran, mich auf gar keinen Fall von ihm beeindrucken zu lassen. Ich meine, ich weiß ja, wie er aussieht. Von Autorenfotos, aus der Presse, und ich glaube, im Fernsehen habe ich ihn auch mal kurz gesehen. Er sieht gut aus, ja, aber damit steht er nicht allein auf der Welt. Und ganz egal, was jetzt passieren wird – ich werde mich von ihm nicht beeindrucken, einlullen, um den Finger wickeln oder sonst was lassen. Der Typ ist Autor, der Typ ist Millionär – von solchen Männern habe ich den Rest meines Lebens genug.

Der kann mir gar nichts.

Tja, als er sich dann aber umgedreht hat und ich ihn direkt ansehe, habe ich das Gefühl, keine Luft mehr zu bekommen. Dieser Mann ist einfach …

Umwerfend? Göttlich? Ein wahrgewordener

Traum?

Ich schlucke, während ich ihn weiter betrachte. Er ist extrem gut gekleidet. Dieser Anzug, den er trägt, kann nur maßgeschneidert sein, so perfekt, wie er seine breiten Schultern und schmalen Hüften betont. Die Farbe, ein so dunkles Anthrazit, dass es fast wie Schwarz wirkt, betont seinen hellen Teint. Erst auf den zweiten Blick bemerke ich die lilafarbenen Nadelstreifen, die sich in einem anderen, helleren Ton in seinem Hemd und auch in seiner Krawatte wiederfinden.

Doch wir wollen ehrlich sein. Ein perfekt geschnittener Anzug ist toll, wirklich. Doch viel wichtiger ist, dass der richtige Mann ihn trägt. Und so ungern ich es auch zugeben möchte, Mason Cromwell wurde dafür geboren, teure Anzüge zu tragen. Armani, Versace, Hugo Boss, je feiner der Zwirn, desto besser. Und obwohl ich das eigentlich gar nicht ausstehen kann, muss ich sagen, dass mir der Anblick gefällt.

Alles an ihm strahlt Erfolg und Macht aus. Und Dominanz.

„Sind Sie erkältet?"

Es dauert einen Moment, bis die Frage zu mir durchdringt. Schnell räuspere ich mich und sehe ihn fragend an. „Wie bitte?"

„Ich fragte, ob Sie erkältet sind."

„Ähm … nein, mir geht's gut. Wieso?"

Er zuckt mit den Achseln. „Nun, seit Sie diesen Raum betreten haben, räuspern Sie sich in einer Tour, zudem stehen Sie wie erstarrt da, und an den Ohren scheinen Sie auch was zu haben, sonst hätte ich meine Frage eben nicht wiederholen müssen, oder? An einer Stauballergie kann es auch nicht liegen, hier wird zwei Mal täglich alles auf Hochglanz gebracht."

„Vielleicht habe ich ja eine Allergie gegen aufgeblasene Millionäre."

Einen Augenblick lang ist da die Hoffnung, die Worte nicht laut, sondern nur in meinen Gedanken ausgesprochen zu haben. Doch dann wird mir klar, dass ich das eben wirklich gesagt habe.

Oh mein Gott!

Wieder mal zeigt Cromwell keine Regung. Oder was ist das – zuckt seine rechte Augenbraue etwa gerade? Doch schnell hat er sich wieder im Griff.

„Wie war die Fahrt?", erkundigt er sich, ohne auf das, was ich gerade gesagt habe, einzugehen.

„Gut, danke. Das, was ich auf der Fahrt hierher von der schottischen Landschaft sehen konnte, war wirklich beeindruckend." Ich merke, wie ich etwas lockerer werde, dann aber bleibt mein Blick an seinem Mund hängen, und sofort durchläuft es mich heiß und kalt zugleich. Vielleicht ist ja doch ein Infekt im Anmarsch? Ich meine, dass ich mich die ganze Zeit räuspern muss und so komische Hitzewallungen habe, könnten immerhin erste Symptome sein. Außerdem ist da so ein Rumpeln in meinem Bauch.

Komm schon, sei nicht albern. Das sind ganz bestimmt keine Anzeichen für einen Infekt. Die Hitzewallungen kommen von Cromwells Anblick. Das Räuspern von deiner Nervosität. Und das in deinem Bauch, das ist kein Rumpeln, das sind die berühmt berüchtigten Schmetterlinge. Noch

Fragen?

Fragen nicht. Das Ganze ist nämlich Schwachsinn. Ich bin doch kein verknallter Teenie!

„Das freut mich", erwidert Cromwell. „Sie können diese Landschaft nämlich gleich ein zweites Mal bewundern."

Ich blinzele. „Bitte?"

„Sie haben schon richtig gehört. Sie werden abreisen – auf der Stelle!"

Wieder kann ich ihn nur anstarren. „Ich verstehe nicht …"

„Hören Sie." Seufzend schüttelt er den Kopf. „Ich weiß nicht, was Ihr Boss Ihnen erzählt hat. Wahrscheinlich hat er Ihnen vorgeflunkert, dass ich ganz begeistert über Ihr Auftauchen hier bin. Richtig?"

Ich erwidere nichts, nicke nur.

„Dachte ich's mir doch. Aber ich sag Ihnen was. Das hat er nur getan, um Sie zu beruhigen. Damit Sie mit einem guten Gefühl hierherkommen. Hätte er Ihnen die Wahrheit gesagt, hätten Sie nicht mal den Mut gehabt, sich in Ihren Wagen zu setzen."

Ich schlucke. „Und die Wahrheit sieht … wie aus?"

„Sehen Sie das da?" Er deutet mit einem Nicken nach links. Ich folge seinem Blick, sehe auf eine Sitzgruppe mit Ledersesseln und Glastisch, für meinen Geschmack viel zu stylisch und kühl.

„Sieht nicht gerade gemütlich aus", sage ich und beiße mir auf die Unterlippe, als mir klar wird, dass ich schon wieder etwas laut ausgesprochen habe, das ich eigentlich nur in Gedanken sagen wollte.

Cromwell sieht mich einen Moment nur an, ich komme mir irgendwie nackt unter seinen Blicken vor. Dann schüttelt er den Kopf. „Ich meine das Bild."

Ach so. Mein Blick wandert höher. Hinter der Sitzgruppe hängt an der Wand ein gerahmtes Bild, das den Ben Nevis zeigt. Schön, aber nichts Spektakuläres. Und …

„Es ist kaputt", stelle ich fest. „Und nass."

Tatsächlich ist mitten im Bild ein großer, leicht bräunlicher Fleck. An der Stelle ist die Leinwand auch eingerissen.

Mein Blick wandert wieder etwas tiefer, und ich sehe ein zerbrochenes Glas auf einem der Ledersessel.

„Das ist vorhin passiert, als Ihr Boss mich angerufen hat, um mich – auf den letzten Drücker, wohlgemerkt – über Ihr Kommen zu informieren. Ich hatte mir gerade meinen ersten Whisky des Tages eingeschenkt und habe das Glas dann vor lauter Wut gegen dieses Bild geschleudert."

„Oh."

Verschiedene Dinge gehen mir durch den Kopf. Warum so früh am Tag schon Whisky? Es ist gerade mal Mittag. Warum hat Mr. Davenport Cromwell erst heute über mein Kommen informiert? Ich dachte, er wüsste längst Bescheid. Und warum ist mein Kommen Grund genug für Cromwell, ein Whiskyglas gegen eines seiner Bilder zu pfeffern?

„Sie wollen mich nicht hier haben", stelle ich fest.

Cromwell verzieht keine Miene. „Gratuliere, Sie haben es erfasst."

Ich sehe ihn an. Keine Frage, dieser Mann ist

verdammt gutaussehend. Und nicht nur das. Er ist auch ein Arsch. Gefährliche Kombination, vor allem für mich.

Ich kann nur von Glück reden, dass er mich soeben rausgeworfen hat.

„Gott sei Dank." Ich nicke ihm zu. „War nett, Sie kennenzulernen, ich bin dann mal weg."

Sage ich und stürme förmlich aus seinem Büro. Mir ist schon klar, dass es wie eine Flucht wirken muss, aber was soll ich sagen, es ist nun mal eine.

Kurz verharre ich, als mir klar wird, dass es keine gute Idee wäre, einfach drauflloszulaufen. In einem solch riesigen Haus verläuft man sich schneller, als man gucken kann. Ich konzentriere mich also darauf, den Weg zurückzunehmen, den ich gekommen bin, und siehe da – einige Zeit später trete ich erleichtert nach draußen, wo mich herrlich frische Luft empfängt.

Mit ein paar großen Schritten bin ich bei meinem Wagen, setze mich hinters Steuer und schnalle mich an. Kurz bedaure ich, mich nicht noch von Mairin verabschiedet zu haben, aber das ist jetzt nicht zu ändern. Ich muss hier weg, und zwar so schnell wie möglich.

Ich stecke den Schlüssel ins Zündschloss und denke aus irgendeinem Grund daran, dass in jedem schlechten Liebesroman jetzt wohl die Wendung käme, dass die Heldin den Motor anlassen will, der aber nicht anspringt, und sie praktisch festsitzt.

Und tada – drei Mal dürfen Sie raten, was jetzt passiert.

Richtig, der Motor springt nicht an. Ich probiere es

einmal, zweimal, dreimal – einfach immer und immer wieder. Doch nichts, kein Mucks.

Ich sitze fest.

ZWEI

Mason

Sie fährt nicht los. Warum fährt sie nicht los?

Diese Frage stelle ich mir, während ich am Fenster meines Arbeitszimmers stehe und nach draußen auf den Vorplatz schaue, wo meine ungebetene Besucherin gerade in ihren Wagen gestiegen ist.

Ihr Wagen – ein ziemlich klapprig aussehender himmelblauer Vauxhall. Wahrscheinlich springt er nicht an, schießt es mir durch den Kopf. Aber nein, das wäre zu billig. Allenfalls geeignet für eine Wendung in diesen bescheuerten Millionärs-Liebesromanen: Heldin spricht bei Millionärs-Held vor, ist froh, dass sie wieder wegkommt, steigt in ihren Wagen, doch der springt nicht an und sie sitzt fest. Damit dann halt die Liebesgeschichte beginnen kann. Lachhaft.

Allerdings stellt sich mir durchaus die Frage, warum Miss Unerwünscht offensichtlich heilfroh war, wieder wegzukönnen.

Sorry, es mag arrogant klingen, aber gewohnt bin ich ein solches Verhalten von Frauen nicht gerade.

Diese Bekka aber … Andrew hat von ihr in den höchsten Tönen gesprochen. Natürlich, er wollte schließlich, dass ich sie mit offenen Armen empfange. Was ich nun nicht wirklich getan habe. Warum? Nun, erstens war ich noch immer stinksauer auf Andrew, weil er mich erst kurz vor ihrem Eintreffen über ihr

Kommen informiert hat, und ich mag es nun mal gar nicht, so überrumpelt zu werden. Und zweitens, weil ich sie schlicht und ergreifend nicht hier haben will. Das Letzte, was ich gebrauchen kann, ist jemand, der mir bei meiner Arbeit auf die Finger gucken soll.

Als sie dann aber vor mir stand … Ich muss zugeben, dass es mir gar nicht mal so leichtfiel, derart abweisend zu ihr zu sein. Diese Frau hat was, das kann ich nicht leugnen.

Sie ist keine Schönheit, wahrlich nicht. Jedenfalls im Vergleich zu den Frauen, mit denen ich mich normalerweise abgebe: Groß, schlank, blond … immer top gekleidet und gestylt. Püppchen halt, mit denen es Spaß macht, sich im Bett zu vergnügen, bei denen es einem aber auch nichts ausmacht, sie nie wiederzusehen. Sie sind halt austauschbar, und Männer wie ich können bei Bedarf jeden Tag eine andere haben.

Männer, die Mitglied im *Millionaires NightClub* sind …

Nun, jeden Tag eine andere reiße ich mir da nicht auf, aber zwei oder drei Mal die Woche schon. Auch Millionäre haben halt ihre Bedürfnisse.

Und normalerweise, ja, ich gebe es zu, reicht schon der bloße Gedanke an den Club, um mich unruhig werden zu lassen. Sex ist halt ziemlich wichtig für mich, und dieser Club macht es Männern wie mir da recht einfach, an immer neue Bettgespielinnen zu kommen.

Jetzt aber, in diesem Moment, lässt mich das Ganze völlig kalt. Stattdessen kriege ich das Bild dieser

Bekka einfach nicht mehr aus dem Kopf.

Sie ist so anders. Nicht so ein Püppchen, nein wirklich nicht. Sie wirkt eher brav, hat braunes Haar, das zu einem ziemlich gewöhnlichen Bob frisiert ist. Besonders groß ist sie auch nicht gerade, oder gertenschlank. Aber eigentlich gefällt mir gerade das an ihr ganz gut. Und es irritiert mich, denn sie ist eigentlich so gar nicht mein Typ, mit ihrer Blümchenbluse und der biederen Bügelfaltenhose. Eins steht fest: Von Mode hat sie keine Ahnung. Ich würde gern mal mit ihr shoppen gehen. Und das ist echt ein absurder Gedanke, denn eigentlich *hasse* ich es, mit Frauen einkaufen zu gehen. Davon abgesehen, dass die meisten schlichtweg den Hals nicht vollbekommen.

Aber ich komme vom Thema ab.

Bekka Davis ist auf eine andere Weise schön, aber schön, das ist sie auf jeden Fall.

Ich überlege noch, was genau es ist, das mich an ihr so fesselt, als ich längst auf dem Weg nach draußen bin. Unten in der großen Halle frage ich mich, ob ich womöglich zu spät komme und sie in der Zwischenzeit schon losgefahren ist. Ein Teil von mir hofft das regelrecht. Ich sollte wirklich froh sein, dass ich sie so einfach losgeworden bin. Andrew wird das zwar gar nicht gefallen, aber damit muss er dann klarkommen. Für mich wäre es das Einfachste. Sie noch länger um mich herumzuhaben, würde nur Probleme schaffen, die ich nicht gebrauchen kann.

Ich stürze nach draußen – und nun raten Sie mal. Richtig, sie ist noch da.

Verdammter Mist!

Gerade, als ich ihren Wagen erreiche, steigt sie aus.

Ich versuche, sowohl meinen inneren Aufruhr zu verbergen als auch die Erleichterung, die ich angesichts der Tatsache verspüre, dass sie noch da ist.

„Was machen Sie denn noch hier?“, frage ich harsch. „Stalken Sie mich etwa?“

Sie starrt mich völlig entgeistert an. „Ob ich – was?“ Sie schüttelt den Kopf. „Natürlich nicht. Mein Wagen springt nicht an, deshalb bin ich noch hier.“

„Ihr Wagen springt nicht an, klar doch.“ Eine dämlichere Ausrede ist ihr wohl auf die Schnelle nicht eingefallen. Habe ich nicht vorhin erst gedacht, dass so etwas allerhöchstens in den dämlichen Millionärs-Liebesromanen passiert, die ich schreiben soll, aber nicht schreiben will?

„Es stimmt aber!“, protestiert sie.

Ich musterte sie skeptisch, merke dann jedoch, dass sie die Wahrheit zu sagen scheint.

„Sie können es gern selbst probieren“, schlägt sie vor.

Ich winke ab. „Was haben Sie jetzt vor?“, will ich wissen.

„Na, was wohl? Den Pannendienst rufen.“

„Wann haben Sie vor, zurück in London zu sein? Heute Nacht?“

Jetzt kneift sie die Augen zusammen. „Und wenn ich zu Fuß zum nächsten Bahnhof laufen und dann da auf irgendeiner Bank übernachten muss – das wäre mir immer noch lieber, als auch nur eine halbe Stunde länger in Ihrer Gegenwart zu verbringen!“

Schon wieder so ein Spruch. Was hat diese Frau gegen mich? „Sie haben vorhin schon so etwas gesagt. Dass Sie froh sind, wieder weg zu können. Warum?“

„Na, meinen Sie denn, ich bin freiwillig hierhergekommen?“

„Also hat Andrew Sie gezwungen?“

Sie verdreht die Augen. „Mr. Davenport hat mich … überredet. Ich war ihm noch etwas schuldig.“

„Inwiefern?“

„Darüber möchte ich nicht sprechen. Aber glauben Sie mir, ich habe mein Einverständnis, Ihnen bei Ihrem aktuellen Manuskript mit Rat und Tat zur Seite zu stehen, nur sehr ungern gegeben. Entsprechend froh bin ich, dass Sie mich gar nicht bei sich haben wollen. Männer wie Sie kenne ich.“

Männer wie Sie kenne ich.

Tja, bis eben war diese Frau für mich nicht wirklich von Interesse. Höchstens ein bisschen. Weil sie eben *anders* ist. Jetzt aber ist sie mehr als das.

Jetzt ist sie eine Herausforderung.

„Sie bleiben“, bestimme ich.

„Bis der Pannendienst hier eintrifft, ja.“

Ich schüttele den Kopf. „Sie verstehen nicht – ich sagte, Sie bleiben. So lange, bis mein Buch fertig ist. Um Ihren Wagen kümmere ich mich, seien Sie unbesorgt.“

Jetzt versteht sie. Ihre Augen weiten sich, während sie mich mit offenem Mund anstarrt. Irgendwie ist sie … niedlich.

Du meine Güte, wann habe ich je eine Frau als niedlich betrachtet? Jetzt mal ehrlich, das Einzige, auf was ich bei Frauen achte, sind Arsch und Titten, und beides ist für mich mit Sicherheit alles Mögliche, aber *nie* niedlich.

Sie tippt sich an die Stirn. „Sie spinnen wohl. Glauben Sie wirklich, Sie können einfach so über mich entschieden? Ich bin doch nicht Ihre Marionette."

„Sie sind eine Frau, oder? Nun, Frauen liegen mir für gewöhnlich zu Füßen und tun, was ich ihnen sage. Daher trifft das Wort Marionette es schon ganz gut."

Wieder sieht sie mich einfach nur schweigend an. Ich kann förmlich sehen, wie es hinter ihrer hübschen Stirn rattert.

„Sie wollen also wirklich, dass ich bleibe?", fragt sie irgendwann.

„Allerdings."

„Nun, ich bleibe tatsächlich. Allerdings nicht, weil Sie es wollen, sondern weil ich Mr. Davenport mein Wort gegeben habe. Also – wo werde ich für die Dauer meines Aufenthalts unterkommen?"

„Noch mal lasse ich dir so etwas nicht durchgehen, Andrew", sage ich ins Telefon, als ich eine halbe Stunde später mit meinem Agenten telefoniere. „Du hast viel für mich getan, und ich bin dir dankbar für alles – aber es gibt Grenzen. Und die Kleine ist so eine Grenze."

„Sie ist eine wirklich gute Mitarbeiterin", erwidert Andrew. „Und sind wir doch mal ehrlich, Mason, du kannst ein wenig Hilfe bei deinem Manuskript gebrauchen. Und selbst wenn du es anders siehst – ich habe dir ja schon gesagt, worum es eigentlich geht.

Allein die Tatsache, dass Bekka dir nun zur Seite steht, beruhigt die Zuständigen im Verlag schon mal ein wenig. Sie wissen jetzt, es tut sich was, und dadurch haben wir alle etwas Luft."

„Ich weiß, ich weiß ..." Seufzend lehne ich mich auf meinem Bürostuhl zurück und lege die Füße auf die Tischplatte. Natürlich ist mir klar, dass es Andrew in Wahrheit nicht darum geht, zumindest nicht nur. Vor allem will erst mal in Erfahrung bringen, wie weit ich mit meinem Manuskript inzwischen überhaupt bin. Wie gut der bisherige Text ist und wie viel Arbeit noch vor mir liegt. Und dann soll seine Angestellte mich bei der Vollendung des Werkes unterstützen.

Tja, das Problem ist nur, dass die Ausgangslage eine ganz andere ist, als Andrew annimmt. Er ist im Glauben, dass der Roman praktisch so gut wie fertig ist und vielleicht noch das Ende und der Feinschliff fehlen. Und was soll er auch sonst denken? Ich habe ihm in der letzten Zeit schließlich genau das immer wieder versichert.

Aber warum habe ich das gemacht? Warum habe ich nicht einfach mal die Karten auf den Tisch gelegt und gesagt, wie es wirklich um den Roman steht? Denn diese Wirklichkeit sieht leider mal ganz anders aus.

Wenn Andrew wüsste ...

Statt ihm also die Wahrheit zu sagen, habe ich mich in Lügen verstrickt. Dabei wusste ich, dass es dadurch nicht besser wird, sondern im Gegenteil immer schlimmer. Ich glaube, das ist so ähnlich wie mit Schulden. Früher, als ich noch bei der Bank tätig war, hatte ich es regelmäßig mit Privatkunden zu tun, die hoffnungslos überschuldet waren. Und immer sind sie erst gekommen, wenn wirklich gar nichts mehr ging. Ich habe mich oft gefragt, warum sie nicht eher das Gespräch gesucht haben. Stattdessen öffneten sie nicht mal mehr ihre Post, ließen Mahnungen unbeachtet, taten einfach gar nichts.

Nun, das ist so eine Augen-zu-und-durch-Sache. Und so ähnlich ist es auch bei mir mit meinem aktuellen Roman. Dass Probleme da sind, ist mir schon lange bewusst. Ich hätte einiges dagegen tun können. Als Erstes das Gespräch mit meinem Agenten suchen. Andrew hätte schon Rat gewusst. Zumindest hätte ich damit früh die Reißleine gezogen. Stattdessen habe ich einfach die Hände in den Schoß gelegt, allen immer wieder versichert, dass alles in Ordnung ist, und die Dinge laufen lassen.

Vor allem lief dann halt die Zeit. Und zwar mir ganz gehörig davon. Tja, jetzt habe ich den Salat.

Nämlich in Form einer Frau, die ich nie hier bei mir haben wollte und die mir aus irgendeinem Grund den Kopf verdreht hat.

Und die wahrscheinlich der Schlag treffen wird, wenn sie die ganze Wahrheit erfährt.

Vielleicht sollte ich mir ein Herz fassen und Andrew jetzt gleich reinen Wein einschenken. Dann muss er es nicht erst von seiner Angestellten erfahren.

Das wäre sicherlich ein guter Zug von mir, der mich von einer enormen Last befreien und einiges vereinfachen würde.

Also, jetzt oder nie, sage ich mir und will gerade

den Mund öffnen, um zu reden, als Andrew sagt:

„Hör mal, Mason, ich muss Schluss machen, da kommt ein wichtiger Anruf rein. Also, ich vertraue darauf, dass ihr beiden euch zusammenrauft und mich auf dem Laufenden haltet, ja?"

Damit ist das Gespräch beendet.

Tja, wie das halt manchmal so ist, der Wille war da …

Seufzend nehme ich die Füße vom Tisch und stehe auf. Es wird Zeit, noch einmal in Ruhe mit Bekka zu sprechen. Im Moment fühle ich mich nämlich irgendwie, als hätte mich jemand ins kalte Wasser geschubst. Wie soll das mit uns jetzt laufen? Ich kann ihr doch unmöglich mal eben so das, was ich bisher geschrieben habe, vor die Nase knallen. Die Frau wird tot umfallen vor Schreck!

Aber genau das werde ich eben tun müssen, wenn ich die Augen-zu-und-durch-Tour nicht weiter fahren will. Wenn ich das Ganze noch irgendwie retten will, dann muss ich jetzt harte Fakten schaffen, jawohl!

Entschlossen verlasse ich mein Arbeitszimmer. Nachdem ich Bekka gesagt habe, dass sie doch hierbleiben wird, hat Mairin sie zu einem der Gästezimmer im ersten Stock geführt. Gregor, mein Hausmeister, dürfte inzwischen ihr Gepäck hochgebracht haben.

Während ich durch die Gänge laufe, denke ich daran, wie es früher hier ausgesehen hat, bevor ich vor acht Jahren zum Millionär wurde. Alles war heruntergekommen. Der Putz an den Wänden bröckelig, die Dielen knarrten, Treppenstufen quietschten, und die allermeisten Räume standen leer. Was nicht verwunderte, schließlich lebten nach dem Tod meines Vaters nur meine Mutter und ich hier, Personal konnten wir uns nicht mehr leisten. Zwar habe ich bei der Bank nicht schlecht verdient, aber dieses Geld ging praktisch komplett für die Unterhaltskosten drauf, die bei einem so großen Anwesen einfach enorm sind. Strom, Gas, Wasser, Heizung und die allerwichtigsten Reparaturarbeiten mussten nun mal bezahlt werden. Tja, blaues Blut allein ist heutzutage kein Garant für Einfluss, Macht und Geld. Meine Familie besaß jedenfalls nichts davon, nachdem mein Vater kurz vor seinem Tod bei einigen Spekulationsgeschäften so ziemlich alles verlor. Und früher oder später hätten meine Mutter und ich das Anwesen vermutlich an irgendeinen reichen Amerikaner verkaufen müssen, der sich für unser schottisches Erbe in etwa so sehr interessierte wie für den Obdachlosen an der nächsten Straßenecke. Nachdem meine Mutter schließlich starb, sah ich auch keinen anderen Ausweg.

Tja, und dann kamen die Millionen.

Heute wünschte ich einfach nur, meine Mutter könnte sehen, was aus Dunadair Castle geworden ist.

Ich erreiche das Zimmer, in dem Bekka untergebracht ist, und klopfe an. Keine Reaktion.

Noch einmal.

„Hallo?“, rufe ich ungeduldig. Erfolgreiche Männer wie ich warten nun mal nicht gern. „Ist alles in Ordnung bei Ihnen?“

Keine Antwort.

Ich umfasse mit der rechten Hand den Türknauf. Natürlich ist es normalerweise gar nicht meine Art, einfach so reinzugehen, aber erstens ist das schließlich mein Haus, und zweitens könnte es sich ja um eine Notsituation handeln. Möglicherweise ist Bekka im Bad ausgerutscht und liegt nun ohnmächtig da.

Genauso gut könnte sie aber auch in ihrem Bett liegen und schlafen, geht es mir da durch den Kopf.

Nun, in ihrem Bett liegt sie jedoch keineswegs. Stattdessen kommt sie tatsächlich gerade, als ich eintrete, aus dem angrenzenden Badezimmer, und zwar keineswegs ohnmächtig.

Dafür aber nackt, wie Gott sie geschaffen hat.

Mit einem Handtuch rubbelt sie sich im Gehen das Haar trocken. Dabei blickt sie nach unten, bemerkt mich noch nicht. Und ich bin unfähig, irgendetwas zu sagen oder zu tun. Wie gebannt starre ich auf ihren nackten Körper, den ich von der Seite sehe. Volle Brüste mit dunklen Spitzen, üppige Hüften und ein ausladender, aber wohlgeformter Hintern. Einfach zum Niederknien.

Mir fällt die Kinnlade runter. Was für eine Frau!

DREI

Bekka

Loch im Boden, wo bist du, wenn man dich mal braucht?

Wissen Sie, ich gehöre jetzt nicht gerade zu den schreckhaften Frauen, ehrlich. Beim Anblick einer Maus würde ich jedenfalls nicht schreiend und wild gestikulierend auf Tisch oder Couch springen, Spinnen finde ich zwar nicht hübsch, sie machen mir aber auch keine Angst, und die Erschrecker in der Geisterbahn früher haben mich immer komplett kalt gelassen und mir höchstens ein müdes Lächeln entlockt.

Tja, da denkt man also, so schnell haut einen nichts um – und dann steht man plötzlich, nackt, wie man einst von Gott erschaffen wurde, einem Millionär gegenüber, den man praktisch noch gar nicht kennt. In dessen Haus. Und was macht der? Nichts anderes, als einen unverhohlen anzuglotzen!

Ein kurzer, schriller Schrei verlässt meine Kehle. Gleichzeitig reagiere ich instinktiv, indem ich mir das Handtuch, mit dem ich mir eben noch das Haar trockengerubbelt habe, notdürftig vor den Körper halte. Es ist viel zu klein, um all das zu verdecken, was ich gern verdecken würde.

„Wenn Sie wohl bitte die Güte hätten, sich umzudrehen?“, frage ich laut und betone jedes Wort.

Eine hochgezogene Braue, die Andeutung eines

Nickens. „Natürlich", sagt Mr. Millionär und dreht sich in einer ruhigen Bewegung um.

Mit drei, vier großen Schritten bin ich beim Bett, auf das ich vorhin meinen Bademantel gelegt habe.

Rasch ziehe ich ihn über und knote ihn zu – zur Sicherheit mit einem Doppelknoten.

„Nun?", frage ich und verschränke die Arme vor der Brust.

Mason Cromwell dreht sich wieder um. Wie so oft zeigt seine Miene keinerlei Regung. „Nun was?"

„Na, da fragen Sie noch?" Entgeistert schüttele ich den Kopf. „Ich hätte gern gewusst, was Sie dazu bringt, einfach so in mein Zimmer zu stürmen!"

„Ich habe geklopft."

„Und haben Sie dann zufällig auch ein ‚Herein' gehört?"

„Das nicht."

„Ach, und dann haben Sie mein Schweigen wohl als Zustimmung betrachtet."

„Ich hatte Sorge, Ihnen könnte etwas zugestoßen sein."

Ungläubig starre ich ihn an. Wie dreist kann ein Mann sein?

„Aber es freut mich, dass Sie sich offenbar in meinem Haus schon ganz wie zu Hause fühlen", spricht er weiter. „Laufen Sie da eigentlich auch immer nackt rum?"

„Ich wüsste nicht, was Sie das anginge. Also – was kann ich für Sie tun?"

„Ich wollte Ihnen lediglich mitteilen, dass Mairin um sechs Uhr für Sie das Abendessen bereithält." Er blickt auf seine Uhr. „Es ist jetzt halb vier, Sie haben also noch genug Zeit, Körperpflege zu betreiben“, sagt er schmunzelnd. „Gehen Sie dann einfach runter, Mairin wird Sie zum Speiseraum führen.“

„Aber … wir essen doch gemeinsam?“, hake ich nach.

Er schüttelt den Kopf. „Ich werde dann nicht hier sein, ich habe geschäftlich in London zu tun und werde erst morgen gegen Abend zurückkehren.“

„Ich dachte, wir wollten über Ihr Manuskript sprechen“, wende ich ein wenig irritiert ein.

„Da ich, wie gesagt, jetzt losfahren werde, ist das kaum möglich.“

Hm. Das gefällt mir nicht. Um ehrlich zu sein, ich möchte so schnell wie möglich mit der Arbeit hier beginnen, und zwar um so schnell wie möglich wieder nach Hause zurückkehren zu können.

„Gut.“ Ich nicke. „Dann schlage ich vor, Sie geben mir einfach die Datei mit Ihrem Skript, dann kann ich mir während Ihrer Abwesenheit schon mal alles ansehen und mir einen ersten Eindruck verschaffen.“

„Bedaure, aber auch das wird leider nicht möglich sein.“

Das gefällt mir jetzt noch weniger. „Und warum nicht?“

„Weil ich Sie nicht kenne.“ Seufzend tritt er einen Schritt näher. „Hören Sie, Bekka – ich darf doch Bekka sagen?“

Stumm nicke ich.

„Gut, dann bin ich natürlich Mason für Sie. Also, Bekka, Sie mögen Andrews Vertrauen genießen, aber meines eben noch nicht. Ich kenne Sie nicht. Sie könnten ein heimlicher Fan sein und sich bei Andrew eingeschlichen haben, um so an mich heranzukommen. Oder Sie sind in Wahrheit Journalistin und verfolgen das Ziel, mich auszuspionieren. Vielleicht sind Sie nicht nur Fan, sondern noch dazu eine Psychopathin. So wie in *Misery*. Und dann stellen Sie sich mal vor, ich gebe Ihnen meinen neuen Roman, und der gefällt Ihnen nicht. Nein, nein, meine Beine sind mir lieb und teuer. Da bin ich lieber vorsichtig."

Wie witzig. „Sie wissen aber schon, dass man mit guten Medikamenten und einer Verhaltenstherapie durchaus beachtliche Erfolge bei einem ausgeprägten Verfolgungswahn erzielen kann?"

Er tritt noch einen Schritt näher, fixiert mich mit seinem Blick, unter dem ich das Gefühl habe, jeden Moment dahin zu schmelzen. Dann streckt er den rechten Arm aus, berührt mit der Fingerspitze meine Wange. Oh Gott, diese winzige Berührung reicht aus, um meinen ganzen Körper in Flammen zu setzen.

Er merkt es. Keine Frage, er merkt es. Und er genießt diesen Moment, zieht ihn in die Länge.

„Ich mag schlagfertige Frauen", sagt er schließlich. „Also dann, wir sprechen uns morgen nach meiner Rückkehr."

Mit diesen Worten wendet er sich ab, und ehe ich irgendetwas erwidern oder wenigstens erst mal wieder richtig zur Besinnung kommen kann, ist er auch schon verschwunden.

Grundgütiger, worauf habe ich mich hier bloß eingelassen?

„Sie müssen das verstehen, Mr. Davenport, ich kann das einfach nicht“, sage ich ins Telefon, als ich eine Stunde nach dem letzten Aufeinandertreffen mit Mason Cromwell im Schneidersitz auf dem Bett in meinem Zimmer hocke und mit meinem Boss telefoniere. Inzwischen habe ich mich angezogen und meine Sachen alle in den Schrank geräumt. „Dieser Mann ist … *unmöglich*!“

Einen Moment herrscht Stille am anderen Ende der Leitung. Dann ein leises Seufzen und schließlich: „Sie müssen Geduld haben, Bekka. Sie beide kennen sich schließlich gar nicht, das braucht eine Weile. Und glauben Sie mir, Mason ist wirklich nicht so, wie er auf den ersten Blick wirken mag.“

„Ach, und warum haben Sie mir dann nicht gesagt, dass er mich gar nicht bei sich haben will?“, frage ich. „Mehr noch, Sie haben mir vorgelogen, dass er sich *freut*, mich zu empfangen!“

„Nun, das war vielleicht eine kleine Notlüge …“, kommt es gepresst zur Antwort.

„Eine Notlüge? Ich nenne das einfach nur dreist. Wissen Sie eigentlich, wie er auf Ihre Eröffnung, dass ich heute bei ihm vor der Tür stehe, reagiert hat? Ich sag’s Ihnen: Er hat ein Whiskyglas gegen ein Bild in seinem Arbeitszimmer geworfen.“

„Das über der Sitzgruppe?“

„Genau. Es ist kaputt.“

Schweigen. Dann ein Räuspern. „Du meine Güte, das Bild hat er erst vor ein paar Wochen für über hunderttausend Pfund bei einer Auktion ersteigert.“

„Hundert*tausend* Pfund?" Ich spüre, wie mir der Mund trocken wird. „Dieser Mann erfährt, dass er Besuch von mir bekommt, und zerstört daraufhin mal eben ein halbes Vermögen?"

„Das ist ja nicht persönlich, Bekka", beschwichtigt Mr. Davenport schnell. „Er kennt Sie schließlich gar nicht. Seine Wut galt mir, nicht Ihnen."

„Wie schön für mich. Bloß bin ich jetzt hier und habe den Ärger am Hals, Sie nicht."

„Wie gesagt, das wird bestimmt alles in Ordnung kommen. Sobald Sie beide sich ein bisschen näher kennengelernt haben …"

„Sehen Sie, und das ist der nächste Punkt. Ich wollte eigentlich heute noch mit ihm über unsere Zusammenarbeit sprechen. Geht aber nicht, der Herr Millionär hat sich nämlich soeben auf den Weg nach London gemacht."

„In den Club?"

„Was für ein Club?"

Jetzt klingt Andrew irgendwie peinlich berührt. „Äh … nichts weiter, Bekka. Wann wird er zurück sein?"

„Morgen Abend." Nachdenklich starre ich ins Leere. Ich hatte mich ohnehin schon gefragt, was Mason um die Zeit geschäftlich in London zu tun haben sollte. Wenn er gleich nach unserer Unterhaltung losgefahren ist, wird er gegen Mitternacht ankommen. Von was für einem Club sprach Andrew also gerade? Aber das geht mich nichts an.

„Gut", sagt mein Boss. „Dann krallen Sie ihn sich

morgen sofort und sprechen in aller Ruhe mit ihm über sein Manuskript. Und falls es Probleme gibt, soll er mich anrufen. Ich kläre das dann schon."

„Ihr Wort in Gottes Ohr." Ich beende das Gespräch und stehe auf. Gedankenverloren gehe ich zum Fenster hinüber. Der Ausblick auf den hauseigenen Garten ist einfach herrlich. Ach was, Garten – das ist schon eine richtige Parkanlage! Ein mit Kieselsteinen bestreuter Weg führt in gewundenen Wegen durch das riesige Gelände. Ich sehe gepflegte Blumenrabatten in sorgfältig aufeinander abgestimmten Farben, einen kleinen Bachlauf, der sich zwischen Bruchsteinen hindurchwindet, Rosenstauden und Rasen, der so akkurat geschnitten ist, als hätte jemand mit der Nagelschere jeden Halm einzeln gestutzt.

Kurz spiele ich mit dem Gedanken, einfach nach unten zu gehen und einen Spaziergang durch den Garten zu machen. Doch dann lasse ich es. Es ist nämlich ganz sicher nicht so, wie Mason vorhin meinte. Dass ich mich hier schon wie zu Hause fühle.

Nachdem ich mein Zimmer bezog, verspürte ich spontan das Bedürfnis, kurz zu duschen. Was ja vielleicht nach acht Stunden Autofahrt ganz nachvollziehbar ist. Und ich hätte mit vielem gerechnet, aber nicht damit, dass der Hausherr einfach so in mein Zimmer kommt. Daher bin ich einfach nackt aus dem Bad getreten.

Ein Fehler, wie sich dann herausstellte.

Noch immer glaube ich Masons Blicke auf meinem nackten Körper zu spüren. Ich gehöre ganz sicher nicht zu den Frauen, die er bevorzugt, das ist mir schon klar. Ich bin nicht superschlank und schon gar nicht supersexy. Ich kann nicht wirklich gut mit Make-up umgehen, und meine Haare binde ich meistens zu einem Pferdeschwanz am Hinterkopf zusammen, weil ich sonst nichts damit anzufangen weiß. Aber dennoch glaube ich, vorhin so etwas wie Begehren in seinem Blick gesehen zu haben. Oder habe ich es mir nur eingebildet? Und warum denke ich darüber eigentlich nach? Es sollte mir völlig egal sein, schließlich will ich nichts von diesem Kerl.

Nein, ganz bestimmt nicht! Ich bin hier, um einen Job zu erledigen, nicht mehr und nicht weniger.

Und vor allem bin ich froh, wenn ich endlich wieder nach Hause kann.

Nachdem ich noch ein bisschen gelesen und mit Linda telefoniert habe, um ihr mitzuteilen, dass ich gut in Schottland angekommen bin, mache ich mich um kurz vor sechs auf den Weg nach unten zum Abendessen.

Gerade, als ich das Erdgeschoss über die breite Treppe erreiche, kommt Mairin auch schon auf mich zu.

Strahlend sieht sie mich an. „Da sind Sie ja“, sagt sie freundlich. „Kommen Sie, Sie müssen ja einen Bärenhunger haben, nicht wahr?“

Ich lache. „Das kann ich nicht leugnen“, bestätige ich. Und jetzt, wo ich an Essen denke, fängt auch wie auf Kommando mein Magen an zu knurren.

„Normalerweise bevorzugt Mason es, im Speisezimmer zu essen“, erklärt Mairin, während ich ihr auf die andere Seite des Hauses folge. „Aber da er ja nun nicht da ist, habe ich mir einfach erlaubt, in der Küche für uns zwei zu decken. Ich hoffe, das ist Ihnen recht?"

„Aber natürlich", antworte ich sofort. „Bitte, bloß keine Umstände für mich!"

Wir betreten einen recht kleinen Raum, der im Gegensatz zu dem, was ich bisher vom Anwesen gesehen habe, richtiggehend heimelig wirkt. Eine Küchenzeile aus dunklem Holz, in der Mitte ein kleiner Tisch, ebenfalls aus Holz, und an den Fenstern hängen Gardinen mit hübschen Blumenmustern.

Der Tisch ist mit zwei Tellern und Gläsern und natürlich Besteck gedeckt, in der Mitte steht ein großer Topf, aus dem Dampf steigt. Der Duft, der mir entgegenschlägt, lässt mir sofort das Wasser im Mund zusammenlaufen.

„Bitte setzen Sie sich doch", sagt Mairin und deutet auf einen Platz. „Wissen Sie, ich persönlich mag das Speisezimmer überhaupt nicht. Es ist so groß und kalt … wie so vieles hier, seit das Anwesen renoviert wurde."

„Heißt das, Sie kannten das alles hier schon vor der Renovierung?", frage ich nach.

„Aber ja doch!", nickt Mairin und nimmt meinen Teller. „Ich bin schon sehr lange für die Familie tätig." Sie zwinkert mir zu. „Ich kannte Mason schon, als er noch ein kleiner Junge war."

Das überrascht mich. „Ich dachte, Mason und seine Mutter hatten einige Zeit kein …"

„Personal beschäftigt?" Mairin nickt. „Ja, das

stimmt auch. Ich war die Einzige, die noch hier war und alles am Laufen gehalten hat, als es Mason und seiner Mutter schlecht ging. Auch wenn ich nicht mit den Cromwells verwandt bin, fühle ich mich doch irgendwie, als gehöre ich zur Familie, und obwohl sie einige Zeit praktisch nichts mehr zahlen konnten, habe ich es mir nicht vorstellen können, sie im Stich zu lassen. Also bin ich geblieben, habe eine Unterkunft und Essen gehabt und überall, wo es mir möglich war, mit angepackt." Sie schöpft etwas von dem Inhalt des Topfes auf meinen Teller. Es sieht wie ein Eintopf aus, ich sehe buntes Gemüse, aber auch Kartoffeln und Fleisch. „Das ist übrigens Hotchpotch", erklärt sie sogleich. „Ein traditioneller schottischer Eintopf."

Ich nehme vorsichtig den Teller entgegen und stelle ihn vor mir auf den Tisch. Mairin gibt sich nun etwas auf ihren Teller, stellt ihn ebenfalls ab und setzt sich mir gegenüber an den Tisch.

„Das duftet ganz köstlich", sage ich und beobachte, wie die dampfenden Schwaden von meinem Teller emporsteigen und sich in der Luft verteilen.

Sie lächelt. „Dann bin ich gespannt, ob es Ihnen auch schmeckt."

„Da bin ich sicher", sage ich, greife zu meinem Löffel und probiere. Es ist würzig und herzhaft und schmeckt unheimlich gut. „Hm, das ist wirklich lecker", schwärme ich und sehe, wie Mairin zufrieden lächelt.

„Nach dem Tod seines Vaters wurde es für Masons Mutter immer schwieriger, das Haus zu unterhalten", erzählt die Haushälterin, während wir essen. „Damals war Mason ja noch ein Junge und schon ein echter Earl – dennoch konnte er natürlich selbst nichts beisteuern, und ein Vermögen gehört zum Titel nicht. Über die Jahre wurden die finanziellen Probleme der Familie nicht weniger. Aber seine Mutter wollte das Anwesen unbedingt behalten. Ein Verkauf kam für sie nicht infrage. Später, als Mason dann anfing zu arbeiten und in der Bank gutes Geld verdiente, war das Anwesen dann bereits in einem so schlechten Zustand, dass selbst die nötigsten Arbeiten Unsummen verschlangen." Seufzend hebt sie die Schultern. „Nachdem seine Mutter krank wurde und schließlich starb, wollte auch Mason von einem Verkauf nichts wissen. Er sprach immer davon, dass es eine letzte Chance gebe, dass alles gut werden könnte." Sie nickte. „Nun, und kurz darauf veröffentlichte er sein … sein …"

„Sein erstes Buch?", vervollständige ich den Satz, als Mairin aus irgendeinem Grund zögert.

Sie nickt hastig. „Von da an gehörten die Probleme mit dem Haus bald der Vergangenheit an. Alles wurde aufwändig renoviert, und Mason beschäftigt unzählige Angestellte."

„Dieser Erfolg kam sicher sehr überraschend für Sie, nicht wahr?"

„Oh ja, das können Sie laut sagen." Sie schüttelt den Kopf. „Aber um ehrlich zu sein, ich spreche nicht gern über Masons Arbeit." Sie lächelt. „Das ist … nicht so meine Welt."

Das verstehe ich natürlich. Wir essen weiter und

unterhalten uns dabei über ganz alltägliche Dinge. Ich erzähle ihr auch ein wenig über mich, lasse hier aber Berufliches auch so ziemlich aus. Denn das ist etwas, über das ich nicht gerne spreche.

Nachdem wir fertig sind, biete ich spontan an, beim Abräumen und auch beim Abwasch zu helfen, aber davon will Mairin nichts wissen. Stattdessen schickt sie mich nach draußen in den Garten.

„Genießen Sie die frische Luft, das tut immer gut", sagt sie, und als ich einige Minuten später nach draußen trete, stelle ich fest, dass sie recht hat. Die Luft ist einfach herrlich, und schon nach ein paar tiefen Atemzügen spüre ich, wie die Last der vergangenen Stunden von meinen Schultern fällt.

Ich war ziemlich nervös auf dem Weg nach Schottland, und meine Begegnung mit Mason war dann auch alles andere als problemlos. Hinzu kommt, dass ich keine Ahnung habe, wie die nächste Zeit mit ihm ablaufen wird. Aber jetzt versuche ich erst einmal, an all das nicht zu denken und einfach nur den Augenblick zu genießen.

Der Garten ist tatsächlich ein Park. Ungeheuer weitläufig, eine Oase der Ruhe. Zudem duftet es hier ganz herrlich nach Gras und wilden Blumen.

Während ich so den Weg entlangspaziere, verspüre ich unwillkürlich ein merkwürdiges Gefühl von Sehnsucht. Wie schön es sein müsste, den Abend nicht allein zu genießen, sondern in Begleitung eines Mannes. Händchenhaltend durch die Nacht gehen, Arm in Arm auf einer der Bänke sitzen, die in regelmäßigen Abständen am Wegesrand aufgestellt sind …

Irgendein Mann – oder Mason?

Der Gedanke erschreckt mich. Aber wem mache ich hier denn was vor? Seit meiner Ankunft kann ich praktisch nur an Mason denken. Die Anziehungskraft, die dieser Mann auf mich ausübt, ist praktisch überwältigend.

Genauso hat es damals auch angefangen, erinnerst du dich?

Ich muss an George denken. Daran, wie alles angefangen und später alles geendet hat. Und mir wird klar: Nein, es hat eben *nicht* genauso angefangen damals. George hatte diese Anziehungskraft keineswegs. Aber er hatte Charme, und es gelang ihm spielend, mich um den Finger zu wickeln. Er gab mir das Gefühl, begehrenswert, etwas Besonderes für ihn zu sein, und ich fiel darauf rein.

Bis dann eines Tages …

Ich schüttele den Gedanken ab. Ich sollte jetzt nicht an diese Sache denken, die mein Leben komplett aus der Bahn geworfen hat. Nein, ich sollte diese Sache hinter mir lassen und sie ein für alle Mal vergessen.

Gleichzeitig muss sie aber auch eine Mahnung für mich sein. Eine Mahnung, aus Fehlern zu lernen.

Derartiges darf sich nie wiederholen. Und genau deshalb darf es mir hier einzig und allein ums Berufliche gehen.

Und ganz bestimmt nicht um Mason Cromwell persönlich.

VIER

Andrew

Diese billigen Fish & Chips aus diesen schmuddeligen kleinen Buden sind gar nicht so schlecht wie ihr Ruf, wissen Sie? Das Gegenteil ist eigentlich der Fall. Man sagt, je kleiner und schmuddeliger ein Imbiss in London wirkt, desto besser ist das Essen.

Trotzdem müsste ich das eigentlich nicht mehr haben. Dank Mason kann ich nämlich nicht klagen, wirklich. Sicher, meine Agentur ist klein, aber die Kosten sind durch die geringe Mitarbeiterzahl überschaubar, und es kommt viel rein. Dank Mason. Denn von allem, was mein bestes Pferd im Stall einnimmt, bekommt die Agentur zwanzig Prozent. Und das ist eine ganze Menge.

Ich könnte es mir also leisten, wieder so zu leben wie andere Literaturagenten: Essen ausschließlich in den feinsten Londoner Lokalen, Taxifahren statt Bus oder Tube zu nehmen, die Anzüge bei den exklusivsten Designern der Stadt maßschneidern lassen, ab und zu mal ein sexy Callgirl auf ein extra dafür gemietetes Hotelzimmer kommen lassen, während die Ehefrau sich daheim um die Kinder kümmert …

Tja, verheiratet bin ich nicht (mehr), und vielleicht habe ich auch deshalb nicht so ein Interesse an Callgirls. Es gilt ja als erwiesen, dass neunzig Prozent aller Freier verheiratet sind. Hat dann wohl was mit einfach zu bekommener Abwechslung und so etwas zu tun. Aber ich schweife ab. Das passiert mir ab und zu mal.

Nun, also, das wäre sicher alles drin. Es ist halt nur so, dass man, wenn man nach einer Phase des Wohlstands einmal ganz unten war, ein anderes Denken entwickelt. Vielleicht nicht jeder, aber bei mir war es so. Es gab eine Zeit nach meinem Rausschmiss bei Merrieweather's, in der ich mich von Dosensuppen, Instantkaffee und Kranwasser ernährt habe. Ab und zu mal an einer schmuddeligen günstigen Bude eine Portion Fish & Chips, mehr war da nicht drin. Und das, obwohl ich in den Jahren zuvor jede Menge verdient habe.

Aber damals, während meiner Zeit bei Merrieweather's, habe ich eben ähnlich gelebt, wie gerade erwähnt: auf ziemlich großem Fuß. Und entsprechend schnell war das Geld dann immer weg. Ein teures Haus in bester Lage musste zudem noch abbezahlt werden, tja, und Jane, meine Ex-Frau, hat mich auch ziemlich ausgenommen.

Kurz: Nachdem ich meinen Job damals verlor, war ich pleite. Und da entwickelten sich diese billigen Fish & Chips von diesen kleinen schmuddeligen Läden schon bald zu einem wahren Festessen.

Nun, nach meinem Rausschmiss habe ich natürlich versucht, so schnell wie möglich eine Stelle als Agent bei einer anderen Agentur zu bekommen. Vergeblich. Die Branche, so groß sie auch sein mag, ist am Ende eben doch klein. Jeder kennt jeden, alles spricht sich sofort rum.

Sicher werden Sie sich jetzt fragen: Was hat sich denn bei dem überhaupt rumgesprochen? Ganz einfach: Nichts – und genau da lag auch das Problem. Eine erfolgreiche Autorin, die zu meinen Schäfchen gehörte, hatte Gefühle für mich entwickelt, die ich nicht erwiderte. Ich habe versucht, ihr das sanft, aber bestimmt zu verstehen zu geben. Am nächsten Morgen durfte ich bei meinem Chef antreten – und mir meine Kündigung abholen. Angeblich sollte ich besagter Autorin gegen deren Willen zu nahe getreten sein. Ich stellte die Sache natürlich klar, aber die Angelegenheit wurde intern geregelt, was für mich bedeutete: *Hasta la vista, baby*. Nun, ich hätte klagen können, werden Sie jetzt sicher sagen. Mich wehren müssen. Hätte, hätte, Fahrradkette halt. Ich habe nichts von alldem getan. Warum, ist mir heute selbst schleierhaft, aber diese ganze Branche ist halt ein einziges Haifischbecken. Ich hatte irgendwie Schiss, mir noch mehr zu verbauen. Wer hätte mir schon geglaubt?

So drang wenigstens nichts an die Öffentlichkeit. Aber bei den großen Agenturen hat sich trotzdem rumgesprochen, dass da „irgendwas mit dem Davenport war". Tja, so kam es also, dass mir wochenlang nichts als Absagen ins – noch nicht abbezahlte – Haus flatterten. Von da an lief bei mir alles auf Sparflamme. Fish & Chips waren, wie schon erwähnt, das höchste der Gefühle, und das nicht mal in einem Pub, sondern in irgendwelchen schmuddeligen kleinen Imbissläden.

Aber dann, als ich irgendwann aufhörte, mich

selbst zu bemitleiden, stellte ich mir eine nicht gerade unwichtige Frage. Die Frage, warum ich mich überhaupt dazu herabließ, überall Klinken zu putzen, wo ich doch ohnehin wusste, dass mich niemand mehr wollte.

Warum machte ich nicht einfach das, was ich so lange Zeit getan hatte, aber eben nicht als Angestellter, sondern als mein eigener Herr?

Eine Agentur gründen – genau das war es, was ich nun wollte. Eine eigene Agentur! Und der Witz daran ist, dass dieser Schritt in die Selbstständigkeit absolut nichts kostet und mit keinerlei Risiken verbunden ist. Mehr zu verlieren, als ich schon verloren hatte, gab es ohnehin nicht mehr, und das Kapital, das man benötigt, wenn man als freiberuflicher Agent tätig sein will, ist praktisch verschwindend gering. Was brauchte ich schon für den Anfang. Ein Büro? Hab ich in meinem Haus gehabt. Einen Computer? Besaß ich. Telefon ebenfalls. Alles, was noch fehlte, war eine eigene Website, damit ich im Word Wide Web auch gefunden werden konnte. Der Rest war einfach. Ich trug mich in zahlreichen Listen ein, rührte im Internet ein bisschen die Werbetrommel – und schon nach wenigen Wochen trudelten die ersten Manuskriptangebote bei mir ein.

Mit Feuereifer und einem riesigen Elan machte ich mich an die Arbeit, musste aber bald feststellen, eine nicht ganz unwichtige Sache übersehen zu haben. Wenn man als kleiner freier Agent nämlich Manuskriptangebote erhält, kann man sich ziemlich sicher sein, dass diese Werke nicht „frisch" sind. Denn natürlich versuchen alle Nachwuchsautoren zunächst einmal, in den großen Häusern unterzukommen. Tja, wenn die da dann der Reihe nach abgelehnt werden, dann erbarmen sie sich, es bei den kleinen Agenturen zu versuchen.

Das Problem ist: Wenn die großen Agenturen Texte nicht haben wollen, dann hat das für gewöhnlich einen Grund. Man möge mich schlagen, aber dann sind die Manuskripte in der Regel einfach Mist.

Wobei man noch unterscheiden muss. Es gibt Angebote, da stimmt einfach gar nichts, das sind einfach nur ganz schreckliche Machwerke. Dann gibt es Texte, wo man merkt, die Autorin oder der Autor hat sich wirklich Mühe gegeben, die sind dann stilistisch und von der Rechtschreibung her einwandfrei, aber es fehlt einfach „der Funke“, tja, und schließlich sind da durchaus auch manchmal wirklich gute Romane, die aber dennoch niemand haben will, weil sie nicht in bestimmte Genres passen und einfach Nischenprodukte sind. Und Nischenprodukte finden keine hunderttausend Leserinnen und Leser. Aber genau danach suchen die Verlage – und deshalb auch die Agenturen – nun mal.

Tja, anfangs sah also wirklich alles danach aus, als würde ich mit meiner Selbstständigkeit schon bald Schiffbruch erleiden. Ich bekam einfach nur Manuskriptangebote, mit denen ich absolut nichts anfangen konnte. Da wäre jede Mühe, sie Verlagen anzubieten, für die Katz gewesen.

Aber manchmal kommt dann eben doch unerwartet ein Lichtlein daher, und in diesem Fall handelte es sich bei diesem Lichtlein um niemand anderen als Mason Cromwell.

Der Name sagte mir natürlich damals gar nichts. Wie auch? Als Autor noch nie zuvor in Erscheinung getreten, laut seinem Lebenslauf arbeitete er bei einer Bank. Jetzt hatte er mir sein Manuskript gemailt. Ohne persönliche Anrede, wie ich feststellte, und mit einem sehr allgemein gehaltenen Anschreiben. Für mich ein klares Indiz, dass er das Ganze praktisch als Rundschreiben an alle möglichen Agenturen rausgeschickt hatte. War ich dieses Mal womöglich also nicht bloß zweite oder letzte Wahl?

Ich beschloss, sofort mal einen Blick in das Manuskript zu werfen, und lud die Datei herunter.

Wissen Sie, bei uns Agenten ist das wie bei Lektoren: Wir prüfen Manuskripte auf eine ganz eigene Art und Weise, die vielen Autoren nicht gefällt. Wir lesen die ersten zwei, drei, manchmal fünf Seiten, und dann wissen wir, ob der Roman etwas taugt oder nicht. Falls nicht, gibt es eine Absage, falls ja, wird weitergelesen. Und wenn weitergelesen wird, gibt es auch wieder mehrere Möglichkeiten: Entweder das Manuskript entwickelt sich so „la la“ und wird am Ende auch abgelehnt, womöglich mit einigen Tipps für Autorin oder Autor, oder aber es ist insgesamt gut und es wird ein Agenturvertrag angeboten. Der Idealfall ist der, dass der Roman so herausragend ist, dass man einfach nicht mehr aufhören kann zu lesen.

Und genau so war es bei Mason.

Sein Roman – *Unsterbliche Liebe,* eine ruhige, traurige und nachdenklich machende Liebesgeschichte

– hat mich von der ersten Seite an gefesselt und nicht mehr losgelassen. Ich konnte das Manuskript einfach nicht zur Seite lesen, vergaß alles andere. Termine, Essen, Trinken – alles war plötzlich nebensächlich.

Ich las bis spät in den Abend hinein, bis zum Ende durch. Und da wusste ich, dass ich auf ein kostbares Juwel gestoßen war. Dieser Roman konnte mich durchaus wieder auf die Überholspur bringen. Nur musste ich Mason Cromwell dazu erst einmal als Autor gewinnen.

Und hier spielte ich meine Trumpfkarte aus. Mir war klar: Auch einige der großen Agenturen würden sich für diesen Roman interessieren. Deren Nachteil ist nur, dass bei denen die Mühlen langsamer malen. Erstens bekommen die viel mehr Manuskripte, zweitens haben die schon genug mit ihren Stammautoren um die Ohren. Und so kann es schon mal zwei, drei Monate dauern, bis die überhaupt mal einen Blick in ein unverlangtes Manuskriptangebot werfen.

Es war also ein Zeitvorteil, den ich hatte. Und den wollte ich unbedingt ausnutzen. Deshalb rief ich Mason Cromwell noch mitten in der Nacht an.

Er war überrascht, ja. Und irgendwie kam mir damals schon etwas ziemlich komisch vor. Er sagte nämlich sofort zu. Allerdings nicht, indem er in Begeisterungsstürme verfiel, weil er als unbekannter Nachwuchsautor entdeckt worden war, sondern so nach dem Motto: „Von mir aus. Dann schicken Sie mir halt den Vertrag."

Nun, ich schickte ihm den Vertrag. Er

unterschrieb, und ich bot sein Manuskript den Verlagen an.

Tja, und dann wurde mir recht schnell klar, dass es für einen kleinen freien Agenten nicht nur alles andere als leicht ist, gute Autoren zu finden, nein: Es ist auch verdammt schwer, Verlage auf die Manuskripte der guten Autoren aufmerksam zu machen, wenn man denn mal welche gefunden hat.

Denn die Verlage arbeiten nun mal bevorzugt mit den großen Agenturen zusammen und haben kaum Zeit, sich um anderes zu kümmern. Als kleiner Agent bist du da im Grunde nichts anderes als ein kleiner unbedeutender Autor: Luft.

Da halfen mir dann auch meine früheren Erfolge nichts, denn die gehen aus Verlagssicht alle auf das Konto der Agentur, für die ich tätig war. Und jeder konnte sich ja denken, dass es einen Grund für mein Ausscheiden dort gab.

Tja, und so landete Masons Manuskript schließlich zwar nicht bei einem Kleinverlag, aber doch bei einem nicht allzu großen. Die wirklich großen Häuser haben nicht mal reingesehen.

Nun war das Angebot gut. Kein großer Vorschuss, dafür eine sehr hohe prozentuale Beteiligung. Zudem wurde das Buch in Windeseile auf den Markt gebracht und auf der Londoner Buchmesse groß vorgestellt.

Innerhalb von Tagen nach der Veröffentlichung war die erste Auflage ausverkauft. Dann die zweite, die dritte … nach drei Monaten ging der Roman in die zwölfte Auflage! Die Taschenbuchrechte wurden regelrecht versteigert, und als die Filmrechte schließlich verkauft wurden, war Mason endgültig Millionär.

Ein Riesenerfolg für alle. Vor allem für Mason, aber auch für den Verlag und natürlich für mich.

Bloß hält eine solche Situation nicht ewig. Nach seinem Riesenerfolg kam natürlich bald ein zweiter Roman von Mason. Aber nun … wie soll ich sagen? Er war nicht so wie der erste. Der dritte Roman reichte dann ebenfalls nicht an sein Debüt heran. Ich schob das immer darauf, dass Mason einfach zu sehr vom Erfolg überrascht worden war und dann unter Druck stand. Das habe ich häufig bei Autoren beobachten können, die direkt mit ihrem ersten Buch den Durchbruch schafften. Nun, die Verkaufszahlen der Bücher waren zwar weiterhin gut, aber eben doch geringer als die des ersten Romans. Der Verlag ist der Ansicht, dass das vor allem an den Themen liegt. Sie wollen keine traurigen, nachdenklichen Liebesromane mehr von Mason, sondern eben eine Millionärsschnulze. Bloß will Mason davon nichts wissen.

Tja, zudem scheint er eine Schreibblockade zu haben. Jedenfalls liefert er sein neues Werk einfach nicht ab, und der Verlag macht schon jede Menge Druck. Fest steht jedenfalls: Wenn ich neue Verträge für Mason an Land ziehen will, müssen zwei Dinge passieren: Erstens muss er endlich seinen Roman beenden – und zwar schnell. Und zweitens muss er sich bereiterklären, sich als Nächstes dem Thema „Junge Frau aus einfachen Verhältnissen verliebt sich in attraktiven Millionär“ zu widmen.

Sonst gibt es schlicht keine weiteren Verträge. Dann könnten wir zwar den Verlag wechseln, ja. Sicherlich findet sich für einen Bestsellerautor immer ein neuer Verlag. Bloß ist das immer auch ein Risiko, das ich nur ungern eingehen möchte.

Genau deshalb habe ich Bekka zu ihm geschickt. Ja, ich weiß, das ist alles nicht sehr ... glücklich gelaufen. Mason reagierte ziemlich aufgebracht, als ich ihm davon berichtete, und nur unserer langjährigen Freundschaft ist es wohl zu verdanken, dass er Bekka überhaupt empfangen hat.

Und Bekka? Ja, ich weiß, es war nicht sehr nett, ihr nichts von Masons Reaktion zu erzählen und ihr stattdessen vorzuflunkern, dass er sich auf ihr Kommen regelrecht freut.

Nun, das alles ist jetzt nicht mehr zu ändern. Wichtig ist, dass es Bekka in der nächsten Zeit gelingt, Zugang zu Mason zu finden und gemeinsam mit ihm sein Manuskript zu beenden.

Und sie muss ihm klarmachen, dass Millionärsromane so schlimm gar nicht sind.

Denn ansonsten bin ich zwar nicht direkt wieder pleite, aber ohne Masons Erfolg sieht es um meine Agentur nicht gerade gut aus.

Und ich habe zwar kein Problem damit, Fish & Chips in kleinen, schmuddeligen Läden zu essen, aber die Wahl haben möchte ich schon gerne weiterhin.

FÜNF

Mason

Ich erreiche London um Mitternacht.

Auch wenn die Fahrt nicht gerade kurz ist, fahre ich für gewöhnlich mehrmals in der Woche in die englische Metropole. Die Fahrtzeit nutze ich dann, um hinten in der Limousine am Laptop zu arbeiten, per Smartphone mit meinen Mitarbeitern in Kontakt zu bleiben oder einfach ein bisschen zu schlafen, vor allem dann, wenn ich in den Club will und es ohnehin schon recht spät ist.

Nun, heute habe ich nichts von alldem getan. Ich wollte eigentlich ein Nickerchen halten, konnte aber nicht einschlafen. Dann dachte ich, ich arbeite ein wenig, konnte mich aber nicht konzentrieren. Ein bisschen während der Fahrt im Internet surfen? Keine schlechte Idee, aber auch hier war ich mit den Gedanken einfach nicht dabei.

Und was ist der Grund dafür?

Falsche Frage. Richtig wäre: Und *wer* ist der Grund dafür.

Eine Frau – natürlich. Und zwar eine, die ich heute erst kennengelernt habe und die mir seither ständig im Kopf herumschwirrt.

Bekka.

Ich weiß gar nicht, was mit mir los ist und was das Ganze soll. So was kenne ich nicht. Diese Frau kommt einfach ungebeten in mein Haus, gehört nicht mal zu den Top-Schönheiten, spielt zudem absolut nicht in meiner Liga – und wickelt mich in Nullkommanichts um den Finger!

Ich schüttele den Kopf. Nein, das ist Unsinn. Sie hat mich nicht um den Finger gewickelt, keine Frau könnte das schaffen. Im Grunde will ich von Frauen nämlich gar nichts wissen. Das Einzige, was ich von denen will, ist unverbindlicher Sex und sonst nichts.

Aber irgendwie scheine ich im Moment ein bisschen wirr im Kopf zu sein. Sicher gibt sich das auch wieder.

Deshalb habe ich auch vor nunmehr neun Stunden beschlossen, spontan nach London in den Club zu fahren. Wo könnte ich besser auf andere Gedanken kommen als dort?

Während James, mein Fahrer, die Limousine durch die nächtlichen Straßen von London City lenkt, schenke ich mir noch ein Glas Champagner ein und lehnte mich zurück. Durch die Seitenscheibe beobachte ich das Geschehen draußen. Auf der einen Seite fließt schwarz und träge die Themse, in der sich die Lichter der South Bank spiegeln, auf der anderen Seite quält sich der Verkehr das Victoria Embankment entlang. Die berühmten Londoner Black Cabs, rote Busse und zahllose private Fahrzeuge schieben sich den Uferdamm hinunter. Dazwischen schlängeln sich halsbrecherisch offenbar lebensmüde Radfahrer hindurch.

Und trotzdem. Ich liebe London bei Nacht. Die vielen Lichter, all die Menschen … Diese Stadt schläft nie, nicht mal mehr am ersten Weihnachtstag, wie es früher üblich war, es ist einfach immer etwas los.

Wir fahren durch die Northumberland Avenue, dann weiter über The Mall und Constitution Hill bis Knightsbridge. Vor einem schimmernden Wolkenkratzer, der hoch über dem Hyde Park aufragt, hält James an.

„Da wären wir, Sir."

Ich trinke mein Glas leer, nicke und warte, bis James um den Wagen herumkommt, um mir die Tür zu öffnen.

Dann mal los, denke ich mir und steige aus.

Um es gleich mal klarzustellen: Der *Millionaires NightClub* ist kein Puff für Reiche oder so was in der Art. Hier arbeiten keine Prostituierten, und derartige Dienstleisterinnen erhalten auch keinen Zutritt. Wird drinnen doch mal eine Frau als Dame dieses Gewerbes entlarvt, fliegt sie raus. Im Grunde ist hier das einfach nur ein Ort, an dem man sich kennenlernen kann. Wie zum Beispiel in einer Disco. Bloß sind die Gegebenheiten eben etwas anders.

Zunächst ist da der ominöse Besitzer des Clubs. Niemand weiß, wer er wirklich ist. Man kennt ihn nur unter dem Namen „Mr. Ed".

Dann ist eine Clubmitgliedschaft Männern vorbehalten – und zwar den wirklich reichen Männern. Letzteres macht schon der Mitgliedsbeitrag von stolzen zwei Millionen Pfund im Jahr deutlich. Für dieses Geld bekommt man – nichts. Außer der Erlaubnis, den Club jederzeit gegen entsprechenden Eintrittspreis betreten zu dürfen. Und hier gibt auch kein Mann einer Frau eine Bacardi-Cola für fünf Pfund aus. Hier fließt der Champagner in Strömen, die billigste Flasche kostet eintausend Pfund, und selbst wenn die Frau nur einen Wodka oder einen Martini wünscht, schlägt das schon mit einigen Hundertern zu Buche.

Dafür aber hat ‚Mann' hier zwei entscheidende Vorteile: Erstens befinden sich in den Etagen oberhalb des Clubs zahlreiche Suiten, in die sich zwei, die sich gefunden haben, dann problemlos miteinander zurückziehen können, und zweitens muss sich jede Frau, die Gast des Clubs sein will, zu absoluter Verschwiegenheit verpflichten. Diese Verschwiegenheit betrifft vor allem die männlichen Gäste des Clubs. Denn bei denen handelt es sich nicht einfach nur um reiche Männer, sondern größtenteils um reiche und *bekannte* Männer. Prominente halt. Politiker, Schauspieler, Sänger … oder eben Schriftsteller.

Aber auch über das Innere des Clubs darf ebenso wenig geredet werden wie über irgendwelche Abläufe oder Aktivitäten der Mitglieder und Gäste. Das ist dann auch der Grund, weshalb über den Darkroom gerne so wilde Spekulationen angestellt werden: Niemand, der noch nicht hier war, weiß halt etwas Genaues darüber. Dabei unterscheidet sich dieser Raum ins nichts von Darkrooms in Gay-Clubs. Nur, dass hier eben Mann und Frau miteinander verkehren – zumindest in der Regel.

Nach dem Einlass führt mich mein erster Weg zu einer der Bars. Dort herrscht relativ wenig Betrieb. Ein paar einzelne Männer stehen dort und trinken etwas, auch mal ein Pärchen, aber die meisten Mitglieder haben sich zu der fortgeschrittenen Stunde bereits in Séparées, den Darkroom oder in eine der Suiten in den höheren Stockwerken zurückgezogen.

Beim Barkeeper bestelle ich ein Glas Champagner und sehe mich ein wenig um. Die einzelnen Bars nehmen, obwohl sie riesig sind, nur einen kleinen Teil des Aufenthaltsbereichs des Clubs ein. Das Interieur ist edel. Chrom und Glas sind out. Edles, auf Hochglanz poliertes Holz, Polster- und Ledergarnituren in gedeckten Cognac- und Whiskytönen, der Boden aus mit Manetti-Blattgold veredelten, sündhaft teuren Impruneta-Terracottafliesen. Und ehe Sie sich wundern, nein, das gehört nicht zum Allgemeinwissen – das habe ich gegoogelt.

Das Licht ist gedämpft, und aus versteckt angebrachten Lautsprechern dringt Musik. Es gibt eine kleine Tanzfläche, auf der sich einige Paare wiegen, und ein halbes Dutzend Séparées, die durch Perlenvorhänge – nicht die kitschige 70er-Jahre-Variante, sondern echte Perlen – vor neugierigen Blicken geschützt sind.

„So allein, schöner Mann?“

Die Frage wird mir von rechts ins Ohr gesäuselt. Ich drehe den Kopf und erblicke eine Frau, die genau meinen Vorstellungen entspricht. Wissen Sie, bei mir ist das so wie bei wohl den meisten Männern: Wir brauchen keine fünf Sekunden, um eine Frau abzuchecken. Das passiert jeden Tag hundert Mal: auf der Straße im Vorübergehen, im Café oder Restaurant

– einfach überall. Ein kurzer Scan von oben nach unten genügt. Oder auch von unten nach oben, je nachdem. Auf jeden Fall reicht das aus, um zu erkennen, ob die Frau in unser Beuteschema passt oder nicht. Und die hier, die passt ohne jede Frage in mein Beuteschema: Groß, schlank, blond. Sexy angezogen mit engem Top, kurzem Minirock und High Heels. High Heels sind immer gut. Erstens wirkt der Arsch so noch besser, und zweitens sind sie vorteilhaft für Sex von hinten im Stehen. Klappt dann besser. Das Gesicht der Kleinen interessiert mich eigentlich nicht so, ist aber auch nicht übel, mit blauen Augen und ordentlich Make-up.

Als ich nichts erwidere, stellt sich Miss Unbekannt dichter neben mich und legt mir eine Hand auf den Oberschenkel. „Wie wär's mit einem Drink?", säuselt sie weiter.

Ich drehe mich zum Barkeeper, deute auf mein fast leeres Glas und halte anschließend Daumen und Zeigefinger in die Höhe.

Kurz darauf stehen zwei Gläser Champagner vor uns, und wir stoßen an.

„Ich bin Jenny", stellt die Blonde sich – säuselnd – vor.

Jenny. Wieder mal so ein Allerweltsname. „Namen sind Schall und Rauch", erwidere ich, statt mich ebenfalls vorzustellen. Wahrscheinlich weiß die Kleine eh, wer ich bin.

Sie wirkt etwas verunsichert. „Ah … ja, sicher."

Ich trinke einen Schluck Champagner, stelle das Glas wieder ab und hefte meinen Blick auf Jennys tiefausgeschnittenes Dekolleté. Echt geile Titten kann man nix sagen. Aber irgendwie … ich weiß auch nicht. Irgendwas stimmt heute nicht.

Warum? Hm, nicht so einfach zu erklären, aber ich versuch's mal: Also, wenn ich in den Club komme, habe ich für gewöhnlich ziemlich Druck drauf. Das ist auch heute nicht anders. Und normalerweise reicht dann ein Blick auf einen geilen Arsch oder auf geile Titten, und ich will ich nur noch eins: ficken.

Will ich auch jetzt. Irgendwie. Aber nicht so wie sonst. Es ist irgendwie, als fehlt mir ein bisschen … der Elan.

Ich horche in mich hinein. Brüte ich vielleicht irgendwas aus? Im Moment soll ja die Sommergrippe umgehen. Das fehlte mir jetzt noch.

Ich schüttele den Kopf. *Gar nicht erst dran denken. Denk an die Kleine vor dir. Und mach sie klar.*

Sie beugt sich weiter vor, lässt ihre Hand nun höher wandern, und das, was sie schließlich an bestimmter Stelle durch die Hose meines Anzugs zu ertasten bekommt, ist dann auch steinhart.

Aber es ist halt nicht so, wie viele Frauen immer denken: dass ein Mann, wenn er einen steifen Schwanz hat, auch gleichzeitig Lust hat. Man kann auch hart sein, ohne Lust zu haben, und man kann auch Lust haben, ohne direkt hart zu werden. So ist das nun mal.

Und jetzt, im Augenblick, bin ich zwar hart, aber meine Lust hält sich irgendwie … in Grenzen. Vielleicht doch ein Infekt, der sich ankündigt?

Ist mir jetzt egal. Ich bin hier, um zu poppen, und genau das werde ich jetzt auch tun.

Ich sehe die Kleine an. „Ich bin nur an einer

schnellen Nummer interessiert", sage ich. Solche Dinge unmissverständlich klarzustellen, gehört für mich dazu. Das muss schon sein, finde ich.

Sie lächelt. „Kein Problem, Mr. Namen-sind-Schall-und-Rauch."

Sie tritt einen Schritt zurück, ich stehe auf und deute in Richtung des Darkrooms. Sie versteht sofort. Zum ersten Mal ist die Kleine jedenfalls nicht hier.

Sie geht vor und wackelt dabei aufreizend und provokant mit ihrem süßen Arsch. Ich liebe einen solchen Anblick, erwähnte ich das schon mal?

Wir gehen also hintereinander durch den Club. Vorbei an den Tanzenden, den dunklen Séparées und der schummrig beleuchteten Bar.

Den Darkroom im Club erreicht man durch einen komplett mit Spiegeln ausgekleideten Korridor. Die Kleine (wie hieß sie noch gleich?) bleibt kurz stehen, nimmt dann meine Hand, und wir treten gemeinsam ein. Da ist kein Zögern von ihr, keine Unsicherheit. Ja, keine Frage: Sie ist nicht zum ersten Mal hier und sicherlich auch nicht erst zum zweiten Mal. Sie weiß genau, was sie will und wie sie es bekommt.

Die Atmosphäre im Darkroom ist eine ganz besondere, finde ich immer. Man sieht (fast nichts) hört von allen Seiten Geräusche, die Musik aus dem Clubraum dringt zu einem durch, und irgendwie erhöht sich immer gleich automatisch der Herzschlag, wenn man eintritt. Also vor allem bei den Frauen wohl. Bei mir natürlich sowieso nicht. Bin ja Macho-Millionär. So was wie Aufgeregtheit ist mir völlig fremd.

Wir tasten uns durch die Dunkelheit in eine der Nischen. Langsam gewöhnen sich die Augen an die kaum vorhandenen Lichtverhältnisse hier, und ich erkenne zumindest Schemen. Da ich heute irgendwie aus mir unerfindlichen Gründen zögerlich und nicht so forsch bin wie sonst, ergreift meine Gespielin kurzerhand die Initiative, kniet sich vor mich hin und öffnet meine Hose.

Was folgt, ist ein Blowjob erster Güte.

Ja, wirklich, blasen kann die Kleine, das muss ich schon sagen. Wir Männer lieben es ja, einen geblasen zu bekommen. Und vor allem lieben wir es, wenn wir *gut* einen geblasen bekommen. Leider jedoch blasen viele Frauen einfach nur schlecht. Deshalb heißt es ja auch immer, Schwule sind die besten Bläser. Weil sie als Männer genau wissen, worauf es ankommt.

Aber worauf kommt es bei einem Blowjob denn überhaupt an? Nun, am liebsten haben wir Männer es, wenn da nicht so zaghaft rangegangen wird. Leidenschaft heißt das Zauberwort. Schön nass und – vor allem – schön tief. Das Wichtigste aber ist, dass abwechslungsreich geblasen wird. Mal nur die Zunge ein bisschen um die pralle Eichel kreisen lassen, dann eine feuchte Spur bis hinunter zum Schaft ziehen, die Lippen um die Eichel legen und ein bisschen dran saugen, und dann eben mal ganz reinnehmen. Oder zumindest soweit es geht. Deep Throat will schließlich geübt sein.

Nun, die Kleine hier (ich komme echt nicht mehr auf ihren Namen) kann das alles jedenfalls ganz gut, ist aber nicht allzu ausdauernd, denn da steht sie schon wieder auf und wartet nun darauf, dass ich die Initiative übernehme. Vielleicht will sie auch, dass ich ihr jetzt zeige, was ich oralmäßig so drauf habe, aber da wartet sie vergeblich. Erstens würde ich mich nie vor einer Frau hinknien, zweitens lecke ich Frauen nicht. Punkt eins ist mir zu unterwürfig, Punkt zwei zu intim.

Ich packe sie also und greife sie noch ein bisschen ab. Schiebe ihr Top hoch, unter dem sie keinen BH trägt, und knete ihre Titten ein bisschen. Eindeutig Silikon und ziemlich geil.

Anschließend drehe ich die Kleine mit dem Gesicht zur Wand, schiebe ihr den knappen Rock hoch, unter dem sich erwartungsgemäß kein Slip verbirgt, und beschäftige mich ein bisschen mit ihrem Arsch. Echt 1a, das Teil, klein und fest, mit herrlich strammen Backen, an denen ich nun auch meinen Schwanz ein bisschen reibe. Ein Wahnsinnsgefühl, wenn die blanke Eichel so über die nackte glatte Haut gleitet …

Rasch krame ich ein Gummi aus der Tasche meines Jacketts und öffne das Briefchen. Ein Kondom überzuziehen, gelingt mir im Dunkeln problemlos. Alles eine Sache der Übung. Und als Millionär muss man immer ein Gummi nehmen. Sollte man eh immer, klar, wegen der fiesen Sachen, die man sich da holen kann, wenn die Muschis nicht sauber oder gesund sind. Nein, es geht auch darum, dass Millionäre eben für manche Frauen begehrte Opfer sind, wenn es darum geht, einem Mann ein Kind unterzujubeln. Also, „Mach's mit" gilt auch für Millionäre, logisch.

So, Gummi ist drum, ich bringe die Kleine in

Position, sodass ich gut von hinten in sie eindringen kann. Kurz läuft bei mir schon mal in Gedanken ab, was jetzt kommt: Ich stecke ihr also meinen Schwanz rein, genieße das herrliche Gefühl der jungen, engen Muschi, die feuchte Wärme, stoße erst ganz langsam zu, dann immer kräftiger, während ich beide Hände auf den geilen Arsch lege. Höre, wie die Kleine stöhnt, auch erst leise, dann immer lauter und atemloser, wir finden einen gemeinsamen Rhythmus, ich hebe eine Hand an, lege sie von hinten an ihr Gesicht, stecke ihr einen Finger in den Mund, sie saugt daran, gierig, voller Verlangen, meine Stöße werden noch mal fester, bis ich schließlich komme und ...

Tja, so oder ähnlich ist es für gewöhnlich, wenn ich es mit einer im Darkroom treibe. Und so wäre es auch jetzt gekommen, unter normalen Umständen. Doch heute scheint gar nichts normal zu sein, und das, was jetzt passiert, haut mich richtig um.

Wie gesagt, ich habe schon angesetzt und will ihn gerade reinstecken, als plötzlich das Bild einer anderen Frau vor mir auftaucht.

Bekka. Hell und strahlend, als würde sie von innen heraus leuchten.

Einen irrwitzigen Moment lang glaube ich wirklich, sie ist hier, mitten im Darkroom. Aber wie sollte sie hierherkommen und noch dazu von innen heraus leuchten?

Also wird mir klar, dass sie nur in meinen Gedanken aufgetaucht ist. Ich kneife dir Augen zusammen, öffne sie wieder, versuche mit aller Kraft, an die Puppe vor mir zu denken, doch Bekka verschwindet einfach nicht.

Stattdessen wächst der Wunsch, nicht mit der Unbekannten hier Sex zu machen, sondern mit Bekka zu schlafen.

Ausgerechnet!

So, das war's, der Ofen ist aus. Ich ziehe das Gummi ab und lasse es zu Boden fallen. Machen hier alle so. Auch Millionäre sind Schweine. Dann gebe ich der kleinen Blonden einen Klaps und den nackten Arsch, hauche ihr „Sorry, ich hab noch Termine" ins Ohr und drehe mich um. Irgendwas erwidert sie noch, aber das verstehe ich schon nicht mehr, denn da stürme ich bereits raus. Erst aus dem Darkroom, dann ein paar Minuten später aus dem Club.

Draußen an der frischen Luft lockere ich meine Krawatte und atme tief durch. Was für ein Abgang! Sicher hält die Kleine mich jetzt für einen Schlappschwanz oder sonst was. Ist mir aber auch egal. Nicht egal hingegen ist mir, dass weiterhin jemand anders in meinen Gedanken herumschwirrt.

Bekka. Immer wieder Bekka.

Was hat diese Frau bloß mit mir angestellt? Mir ist jetzt endgültig klar, dass keine sich ankündigende Erkältung schuld daran ist, dass ich mich schon den ganzen Abend so merkwürdig lustlos fühle.

Nein, das liegt an *ihr*.

An Bekka.

An einer Frau, die ich kaum kenne und eigentlich nie kennenlernen wollte. Jetzt habe ich sie kennengelernt und kriege sie einfach nicht mehr aus dem Kopf. Das muss aufhören, unbedingt!

Einen Moment lang stehe ich einfach nur da. Atme tief die kühle Nachtluft ein, beobachte den auch zu so später Stunde noch regen Verkehr. Die vielen Lichter der Autos und Straßenlaternen blenden mich, Geräusche dringen wie durch Watte an mein Ohr.

Ich will nach Hause, unbedingt und so schnell wie möglich. Also werde ich James anrufen. Ich weiß, dass er die Zeit meiner Abwesenheit genutzt hat, um in der Limousine zu schlafen. Chauffeure beherrschen die Kunst, zu jeder Zeit auf Kommando einzuschlafen, um jede sich bietende Ruhemöglichkeit zu nutzen.

Dass James mich also trotz langer Hinfahrt gleich wieder zurückfahren wird, dürfte kein Problem sein. Ein Problem ist vielmehr der Grund, warum ich so dringend wieder zurück will.

Ich will Bekka wiedersehen – so schnell wie möglich.

SECHS

Bekka

Ich richte mich in meinem Bett auf und strecke mich.

Was für eine Nacht!

Nach meinem Spaziergang im Garten habe ich noch ein bisschen gearbeitet. Will heißen: Ich habe mir einige der Manuskriptangebote angesehen, die mein Boss in der letzten Zeit von hoffnungslosen Jungautoren bekommen hat. Eigentlich ist es mein Job, die Eingänge nur zu registrieren und die Skripte dann an ihn oder seine Co-Agenten weiterzuleiten. Ich bin ja nur Assistentin und keine Agentin. Aber ich habe es mir zur Aufgabe gemacht, in meiner Freizeit ein bisschen in den Angeboten zu stöbern. In der Hoffnung, eine echte Perle zu entdecken. Mit diesem Roman würde ich dann zu Mr. Davenport gehen und ihm nahelegen, diese Autorin oder diesen Autor sofort unter Vertrag zu nehmen. Falls Mr. Davenport meiner Bitte nachkäme, würde es anschließend sicher ein Leichtes für ihn sein, das Werk zu vermitteln. Das würde dann ein großer Deal werden – und von da an wäre ich vielleicht nicht mehr Mr. Davenports Assistentin, sondern seine Co-Agentin.

Ein wichtiger Schritt auf der Karriereleiter für mich.

Bloß konnte ich mich gestern Abend einfach nicht auf die Manuskriptangebote konzentrieren. Die ganzen

Eindrücke des Tages waren irgendwie zu viel für mich, mir schwirrte nur so der Kopf. Zudem musste ich immer wieder an Mason denken, und das war gar nicht gut. Also zog ich mir meinen flauschigen Schlafanzug mit den aufgedruckten Eulen an, den ich mir erst vor ein paar Wochen gekauft habe, und textete noch ein bisschen mit Linda. Doch die sprach immerzu nur von wem? Na? Richtig, von Mason. Wollte wissen, wie der „sexy Millionär“ so war, wie ich mit ihm klarkomme. Da hatte ich dann auch keine Lust drauf.

Schließlich habe ich mich daran gemacht, mir Masons bisher erschienene Romane einmal genauer anzusehen. Sein Debüt kannte ich bereits; die Lektüre ist praktisch Pflicht, wenn man bei Mr. Davenport anfangen will. Seine beiden anderen Romane kannte ich bislang nicht.

Und was soll ich sagen? Ich bin noch immer ziemlich überrascht. Ich hatte eigentlich etwas ... Besseres erwartet.

Nun wusste ich von Mr. Davenport, dass Masons Folgeromane nicht an sein Debüt heranreichen, und ich habe auch nur quergelesen. Trotzdem habe ich das so nicht erwartet. Die Charaktere beider Romane sind oberflächlich, die Handlung ist platt und viel zu ausschweifend – kurz: Es ist alles uninteressant und wirkt so, als sei es gar nicht von Mason geschrieben worden. Jedenfalls erinnert nichts an seinen Stil aus dem ersten Roman, der interessant, vielschichtig und vor allem voller Gefühl ist.

Ich muss dringend einmal mit Mr. Davenport darüber sprechen. Wenn Mason so mit seinen

Romanen weitermacht, werden die Verkaufszahlen jedenfalls auf Dauer in den Keller gehen, und da ich weiß, wie das Verlagsgeschäft funktioniert, weiß ich auch, was dann irgendwann unweigerlich passiert: Mason bekommt einfach keine Verträge mehr von seinem Verlag. Zumindest dürfte es für Mr. Davenport nicht gerade leichter werden, da etwas Neues auszuhandeln.

Die Anweisung des Verlags, dass es sich bei einer weiteren Story um eine Millionärsschnulze handeln soll, zeigt auch schon, dass man sich im Verlag Gedanken macht. Die Leute dort sehen ja, dass es so nicht lange weitergeht, und deshalb wollen sie Mason eine Stiländerung aufdrängen – und um auf Nummer Sicher zu gehen, hat man sich für ein Untergenre entschieden, das zurzeit eine sichere Bank ist. Mason wäre also gut beraten, da mitzuspielen. Gleichzeitig sollte sich auch sein gerade in Arbeit befindliches Werk deutlich von den beiden Vorgängern abheben.

Das bringt mich auf den erschreckenden Gedanken, dass ich hier bin, um Mason genau dabei zu unterstützen. Und bisher habe ich noch immer keinen Blick in die Datei werfen können.

Ich seufze. Im Grunde habe ich nicht mal eine Ahnung, was mich überhaupt erwartet. Es könnte sein, dass das Manuskript so gut wie fertiggestellt ist und lediglich noch einen Feinschliff benötigt. Idealfall. Oder es ist nahezu fertiggestellt, bedarf aber einer gründlichen Bearbeitung. Kein wirklicher Idealfall, aber auch kein Weltuntergang, so etwas bin ich als Lektorin gewöhnt.

Ehemalige Lektorin, vergiss das nicht. Im Moment bist du nichts weiter als eine einfache Assistentin …

Wie dem auch sei. Ich schüttele den deprimierenden Gedanken ab und konzentriere mich aufs Wesentliche. Also, ebenso gut möglich wäre es, dass Mason das Manuskript erst zur Hälfte fertig hat. Das wäre dann schon eine Herausforderung.

Oder aber er leidet wirklich an einer ausgewachsenen Schreibblockade und hat noch … nichts geschrieben.

Gut, da wäre wohl der Begriff Worst Case am zutreffendsten.

Tja, Linda würde jetzt wahrscheinlich sagen: „Und, was geht dich das an? Hör mal, Süße, häng dich da bloß nicht so rein. Genieß lieber die Zeit mit deinem Millionär, statt dir um solche Dinge den Kopf zu zerbrechen. Du bist immerhin nur eine kleine Assistentin bei deinem Mr. Davenport."

Nun, ich sehe das ein bisschen anders. Erstens bin ich *meinem* Mr. Davenport noch was schuldig, und zweitens möchte ich ja gerade erreichen, dass ich *nicht* den Rest meines Lebens eine *kleine Assistentin* bleibe.

Ein Blick auf die Uhr zeigt mir, dass es schon elf durch ist, was mich überrascht. Ausgeschlafen fühlte ich mich jedenfalls nicht. Aber kein Wunder, ich bin ja auch erst irgendwann spät in der Nacht eingeschlafen.

Ich stehe auf, ziehe meinen kuscheligen Eulen-Schlafanzug aus und werfe ihn aufs Bett. Als ich nackt hinüber ins Bad gehe, muss ich unwillkürlich daran denken, wie Mason gestern plötzlich im Zimmer stand und ich, auch ohne etwas am Leib, aus dem Bad kam.

Nun, jetzt kann das nicht passieren. Erstens ist er im Moment nicht da, und zweitens habe ich sicherheitshalber mal die Tür von innen verriegelt. Ich kenne hier schließlich niemanden, und man weiß ja nie … Trotzdem verspüre ich beim Gedanken an die Situation gestern ein aufgeregtes Kribbeln … Wie Mason mich angesehen hat … noch jetzt glaube ich, seine Blicke auf meinem Körper zu spüren …

Rasch husche ich ins Bad. Nach einem kurzen Gang aufs Klo und einer anschließenden belebenden Dusche ziehe ich mich in meinem Zimmer an. Jeans, T-Shirt, bequeme Turnschuhe. Eigentlich würde ich mich am liebsten auf meinem Zimmer verkriechen. Ich meine, ich kenne hier nichts und niemanden, fühle mich völlig fremd (was ich ja auch bin), da weiß ich gar nicht, wie ich mich hier verhalten soll. Aber ich beschließe nun, einfach mal nach unten zu gehen und zu schauen, was sich so ergibt. Mr. Millionär wird ja erst gegen Abend zurück sein, worüber ich, ehrlich gesagt, ganz froh bin. Ja, eigentlich sollte ich natürlich eher *not amused* sein, ich bin schließlich zum Arbeiten hier, und ohne ihn oder zumindest ohne sein Manuskript kann ich das eben nicht machen.

Andererseits ist es so, dass mich die Aussicht, mit Mr. Millionär zusammenzuarbeiten, mich in seiner Gegenwart aufzuhalten, nahezu mit Schrecken erfüllt.

Dummerweise allerdings nicht, weil er so hässlich ist, aus dem Mund stinkt oder sonst irgendetwas Abstoßendes an sich hat.

Nein, genau das ist ja das Problem – er hat nichts Abstoßendes an sich, ganz und gar nicht sogar. Eher etwas Anziehendes.

Etwas sehr Anziehendes.

Und das gefällt mir gar nicht.

Ich schüttele den Kopf. Am besten, ich denke darüber jetzt gar nicht weiter nach, sondern genieße erst mal noch die Zeit, die mir ohne hin hier bleibt. Zeit, die ich am besten nutzen kann, indem ich einen kleinen Spaziergang unternehme und mir die Umgebung ein wenig ansehe.

Und etwas essen muss ich. Himmel, ich komme fast um vor Hunger!

Mit diesem Gedanken und einem entschlossenen Nicken gehe ich hinüber zur Tür, öffne sie schwungvoll und …

„Aaaaahhhhh!"

… stoße einen schrillen Schrei aus, weil plötzlich und völlig unerwartet jemand direkt vor mir steht, dem ich nun fast in die Arme gerannt wäre.

Und natürlich, Sie werden es erraten, ist es nicht irgendjemand, sondern mal wieder Mr. Millionär. Wer sonst? Bei meinem Glück konnte es überhaupt niemand anders sein!

Er runzelt die Stirn. „Was ist denn mit Ihnen los?", fragt er lapidar. „Schreien Sie immer so, wenn Sie jemanden sehen?"

Also, das ist doch wohl die Höhe! „Wenn dieser Jemand mich fast zu Tode erschreckt, dann ja!", erwidere ich – und runzele nun ebenfalls die Stirn. „Was lungern Sie hier überhaupt vor meiner Tür rum? Wollten Sie nicht erst gegen Abend zurückkommen?"

„Erstens lungere ich nicht vor Ihrer Tür herum,

die im Übrigen immer noch mir gehört, sondern wollte gerade anklopfen. Und zweitens – ja, ich wollte erst gegen Abend zurück sein. Aber die … Geschäfte waren schneller erledigt.“

„Geschäfte, aha.“ Mir fällt wieder ein, was Mr. Davenport gesagt hat. „Im Club, oder wie?“

Nun wirkt Mason doch tatsächlich ein wenig erschrocken. Oder bilde ich mir das nur ein? Selbst wenn ich mich nicht getäuscht habe – es dauert keine zwei Sekunden, da ist er wieder ganz der Alte.

„Ich wüsste nicht, was Sie das anginge“, fährt er mich an. „Also, können wir dann?“

„Können wir dann was?“

„Na, meinen Sie, ich stehe umsonst vor Ihrer Tür? Ich wollte Sie abholen.“

„Um an Ihrem Manuskript zu arbeiten“, erwidere ich und nicke. „Natürlich.“

„Nein, keine Arbeit“, entgegnet er. „Ich habe Ihnen doch gesagt, dass das noch nicht geht. Erst muss ich Sie kennenlernen. Und deshalb unternehmen wir jetzt einen kleinen Ausflug.“

Ausflug? „Wer wir?“

„Na, Sie und ich. Oder haben Sie noch jemanden in Ihrem Zimmer versteckt, der mit soll?“

„Nein, natürlich nicht …“ Ich schlucke. Doch den Kloß, der sich mit einem Mal in meiner Kehle gebildet hat, bekomme ich auch dadurch nicht richtig weg. Die Aussicht darauf, einen Ausflug mit diesem Mann zu unternehmen, behagt mir nicht gerade. Zum einen, weil ich ihn nicht ausstehen kann, zum anderen aber auch, weil mein Körper trotzdem immer so komisch auf ihn reagiert. Ich schüttele den Kopf. „Ich bin nicht zum Privatvergnügen hier, Mr. Cromwell", stelle ich klar.

„Mason", erinnert er. „Dann möchten Sie mir nicht Gelegenheit geben, Sie näher kennenzulernen?"

„Richtig. Ich halte das nämlich nicht für nötig. Wie gesagt, ich bin hier, um mit Ihnen an Ihrem Manuskript zu arbeiten, Sie zu unterstützen, und angesichts der prekären …"

„Ja?"

„Nun, das Manuskript muss ja jetzt wirklich so schnell wie möglich fertig werden. Und genau deshalb sollten wir auch keine Zeit mehr verlieren."

„Also kein Ausflug?"

Ich nicke. „Genau. Kein Ausflug."

„Gut." Jetzt nickt er. Langsam. Nachdenklich. „In spätestens zwei Stunden wird sich ein Mechaniker um Ihren Wagen kümmern. Sobald der Motor wieder anspringt, können Sie los."

„Los?" Ich verstehe kein Wort. „Wohin denn?"

„Nach Hause. Mit jemandem, den ich nicht kenne, arbeite ich nicht zusammen. Also dann, gute Fahrt und grüßen Sie Andrew von mir. Richten Sie ihm doch bitte aus, dass ich noch nicht absehen kann, wann das Manuskr…"

„Schon, gut, schon gut", falle ich ihm ins Wort. Arschloch. „Also schön, machen wir halt einen Ausflug. Wohin soll's gehen?"

„Das sehen Sie dann schon", erwidert er, und das triumphierende Lächeln, das dabei auf seinen Lippen liegt, ist schon eine Frechheit. „Es wird sich übrigens trotzdem ein Mechaniker um Ihren Wagen kümmern. Betrachten Sie es als kleine Aufmerksamkeit des Hauses. Also – können wir dann?"

„Moment, meine Tasche", sage ich und eile zurück. Kurz muss ich überlegen, wo meine Tasche überhaupt ist, dann fällt mir ein, dass ich sie in den Kleiderschrank gehängt habe.

„Was bitte ist *das* denn?", erklingt Masons Stimme hinter mir.

Ich nehme die Tasche aus dem Schrank, schließe ihn wieder und drehe mich um. Mason ist mir ins Zimmer gefolgt und steht nun vor meinem Bett, den Blick auf meinen dort liegenden Schlafanzug gerichtet.

Mist, hätte ich den Schlafanzug mal besser weggeräumt. Wobei es mir eigentlich herzlich egal sein sollte, dass Mason nun weiß, was ich beim Schlafen trage. Andererseits – welcher Frau gefällt es schon, wenn ein Mann einen Blick auf ihren ausgeleierten, aber bequemen Pyjama wirft? Noch dazu, wenn es sich bei diesem Mann um einen Millionär handelt.

Einen verdammt attraktiven Millionär.

Ich dränge die Schamesröte, die mir ins Gesicht zu steigen droht, entschieden zurück. „Nach was sieht es denn aus?", erwidere ich gereizt. „Nach einem Abendkleid? Ach, ich vergaß, Sie kennen solche Kleidungsstücke bestimmt nur aus Satin oder Seide oder sonst was. Also, zu Ihrer Information: Auch so etwas nennt man Schlafanzug."

Er sieht mich an. „Mit *Eulen*?" Seine Augen werden noch größer. „Sagen Sie nicht, Sie sind eine von *denen*!"

„Denen? Ich verstehe nicht …"

„Ich spreche von den Frauen, die jedem Trend hinterherrennen. Diese Eulensachen sind doch in diesem Jahr überall drauf. Tapeten, Handtaschen, Wanduhren, Lampen, Bettwäsche, Kondome …"

„Es gibt Kondome mit aufgedruckten Eulen?"

„Da können Sie Ihren hübschen Hintern drauf verwetten."

Er findet meinen Hintern hübsch? „Eulen sind im Moment in, ja."

„In ist gut. Ein gemachter Trend ist das. Ein vom Handel gemachter Trend, der sich jedes Jahr ändert, damit immer wieder neu gekauft wird und kein Stillstand entsteht. Tja. Und die Frauen fallen drauf rein."

„Ach, nur die Frauen, oder was?"

Er runzelt die Stirn. „Ich kann natürlich nur für mich sprechen. Aber ich würde jedenfalls nichts mit irgendwelchen Eulen drauf kaufen. Und ich glaube auch nicht, dass es dem Großteil der Männer da anders geht. Oder haben Sie schon mal Autos mit Eulen drauf gesehen?"

Ich winke ab. „Dafür kauft ihr Kerle alles ohne mit der Wimper zu zucken, sobald es irgendwas mit halbnackten Frauen oder Sex zu tun hat. Bestes Beispiel sind doch Herrenparfums. Gucken Sie sich doch die Werbung dafür mal an! Und von wem werden Autos auf Messen präsentiert? Richtig, von sexy angezogenen Frauen. Himmel, ihr Typen seid doch so einfach gestrickt!"

„Na, da hat aber jemand schlechte Erfahrungen

gemacht, was?“, spottet er.

Ich kneife die Augen zusammen, gehe aber nicht weiter darauf ein. „Um noch mal auf Trends zurückzukommen“, sage ich stattdessen. „Millionärsromane liegen ja derzeit auch schwer im Trend, nicht wahr?“

Seine Miene verdüstert sich. „Mag sein. Aber damit habe ich nichts zu schaffen.“

„Vielleicht bald doch.“

„Niemals.“

Ich beiße mir auf die Zunge. Das war kein kluger Schachzug von mir, so an dieses Thema heranzugehen. Ich wollte ihm eine kleine Retourkutsche verpassen, ja – aber eigentlich ist es doch meine Aufgabe, ihm das Thema Millionärsschnulzen schmackhaft zu machen! Oje, in der Hinsicht sollte ich dringend an mir und meiner Vorgehensweise arbeiten.

„Können wir dann los?“, fragt er, jetzt hörbar ungeduldig. „Ich habe nicht den ganzen Tag Zeit.“

Ich nicke stumm und folge ihm aus dem Zimmer.

„Es ist wirklich … nett hier“, sage ich, als wir auf der Terrasse des kleinen Cafés sitzen. Gerade hat Mason an der Theke zwei Kaffee und eine kleine Frühstücksauswahl bestellt, jetzt genieße ich den Ausblick, der sich mir bietet. Das Café befindet sich in einer kleinen, ruhigen Straße. Der Ort, durch den wir eben geschlendert sind, ist typisch schottisch: Kleine gedrungene Häuser aus Naturstein, verwittert, teils windschief und mit Efeu überwachsen, steil ansteigende, mit holprigem Kopfstein gepflasterte

Gassen. Die Terrasse des Cafés liegt hinten heraus, und von hier aus schaut man auf den Kirchplatz, auf dem eine mächtige Dunadair-Eiche steht.

Ja, Dunadair, so wie Dunadair Castle. Der Baum ist nämlich ebenso nach dem Clan, der hier einst das Sagen hatte, benannt. Habe ich recherchiert, bevor ich zu Hause abgefahren bin. Eine meiner leichtesten Übungen.

Mason sieht mich mit einem Stirnrunzeln an. „Nett? Das klingt jetzt nicht allzu überschwänglich", stellt er fest.

„Doch, die Terrasse ist wirklich schön. Allein dieser Ausblick!"

Wieder ein Stirnrunzeln. „Also gefällt Ihnen an dem Café nur die Terrasse?"

„Na ja, es ist halt ansonsten alles so typisch hier. Ähnlich wie in London. Da sieht jeder Coffeeshop gleich aus: Vorne eine große Theke, in der die ganzen viel zu süßen Kuchen, Törtchen und Cupcakes ausgestellt sind, natürlich gibt es die standardmäßige riesengroße Siebträger-Espressomaschine, tja, dann bestellt man an der Theke das, was man haben will, und geht durch in den Gastraum. Der ist in den meistens Fällen, wie auch hier, ziemlich … ungemütlich eingerichtet. Alte zerkratzte Holztische, Stühle, bei denen man Angst haben muss, dass sie unter einem zusammenbrechen, an den dunklen Holzwänden ein paar große Bilder, das war's dann auch schon. Tja, und wenn man sich dann gesetzt hat, kommt irgendwann die Bedienung und knallt einem die Bestellung auf den Tisch."

Wie aufs Stichwort tritt in diesem Moment die Bedienung an unseren Tisch – eine auffallend junge, sehr attraktive Blondine. Ja, attraktiv ist sie wirklich. Will nur nicht so recht hierher passen. High Heels, ultraenger Rock, der ruhig etwas länger sein dürfte, knappes Oberteil – und vom Gesicht ist vor lauter Schminke nicht wirklich was zu erkennen. Hat die sich verlaufen?

Da ich gerade von „Auf den Tisch knallen" sprach – genau das macht sie jetzt. Stellt mir meine Tasse Kaffee so heftig auf den Tisch, dass es schon überschwappt. Masons Tasse lässt sie dann zu meiner Verblüffung nahezu sanft auf den Tisch gleiten.

„Der Rest kommt dann gleich, Mr. Cromwell", säuselt sie ihm freundlich lächelnd zu. „Wir sind heute nur zu zweit, da geht alles etwas langsamer."

Klar, weil ja auch ach so viel los ist, denke ich mir und lasse noch einmal den Blick über die Terrasse schweifen. Von Mason und mir abgesehen befindet sich hier – kein einziger Gast. Drinnen habe ich auch nur einen älteren Herrn gesehen, der beim Zeitunglesen seinen Kaffee schlürfte. Nun, vielleicht liegt es an der Uhrzeit. Es ist ja schon Mittag inzwischen, wer will da noch frühstücken? Aber vielleicht liegt es auch am Laden selbst.

Oder an dieser Bedienung, die in einer Table-Dance-Bar wahrscheinlich besser aufgehoben wäre … Oder bin ich jetzt gemein?

„Aber das ist doch kein Problem, Isla", beruhigt Mr. Millionär die Blondine sofort. „Lassen Sie sich nur Zeit, wir haben es nicht eilig. Ich weiß ja, wie viel Sie um die Ohren haben in letzter Zeit."

Flirtet er gerade mit ihr oder ist er einfach nur freundlich? Und warum versetzt mir der bloße Gedanke, dass er vielleicht mit ihr flirten könnte, einen Stich? Eigentlich könnte mir das doch am Popo vorbeigehen, oder nicht?

Tut es auch, jawohl! Warum sollte es auch nicht, schließlich kenne ich Mason Cromwell so gut wie überhaupt nicht, zudem gehört er nun mal zu den Männern, an denen ich grundsätzlich kein Interesse habe. Und nicht zuletzt bin ich aus rein beruflichen Gründen hier!

Die Blondine schwebt davon, und ich frage Mason: „Sind Sie eigentlich jeden Tag hier?"

„Gelegentlich." Er gibt Zucker in seinen Kaffee – und zwar jede Menge.

Na ja, denke ich mir. Miss Blondchen hofft wahrscheinlich jeden Tag darauf, dass er kommt, und takelt sich bestimmt deshalb so auf. „Ist das nicht ein bisschen viel Zucker?", frage ich und deute auf seine Tasse.

„Ich habe eine unruhige Nacht hinter mir", erwidert er. „Da brauche ich morgens zwei Dinge: Kaffee und Zucker."

„Aha. Trotzdem finde ich, dass man so was nicht mit Kaffee macht", erwidere ich. „Zuviel Zucker zerstört sämtliches Aroma. Und wenn man bedenkt, wie viel Arbeit in einem guten Kaffee steckt – und wie viele Menschen für diesen Kaffee gearbeitet haben …" Ich gebe keinen Zucker in meinen Kaffee, auch keine Milch, sondern trinke ihn einfach nur schwarz.

Vorsichtig nippe ich an dem heißen Getränk – und verziehe angewidert die Miene. „Korrektur", sage ich. „Mit *diesem* Kaffee können Sie machen, was Sie wollen. Meinetwegen können Sie ihn auch in den nächsten Pflanzenkübel kippen. Aber nein, dann geht am Ende noch die Pflanze ein."

„So schlimm?"

„Schlimmer." Und das ist durchaus nicht übertrieben. „Er schmeckt einfach – gewöhnlich. Und lieblos. Mit der doppelten Portion Wasser verlängerter Espresso, mit Druck durch die Maschine gejagt – so was kriegen Sie an jeder Ecke."

Er sieht mich an. Auf seinem Gesicht liegt ein überraschter, aber auch leicht amüsierter Ausdruck. „Sie kennen sich mit Kaffee aus?", fragt er eher beiläufig.

„Kaffee ist meine Leidenschaft", erwidere ich mit einem Strahlen. „Mein Traum ist es, irgendwann mal ein eigenes Café zu eröffnen und …" Ich stocke. Wieso erzähle ich ihm davon? Ich spreche nie mit Fremden darüber. „Ach, das ist unwichtig", sage ich schnell.

„Ich denke, Sie sind Lektorin."

Weiß er also gar nicht, dass ich bei Mr. Davenport nur als Assistentin tätig bin? Umso besser. „Bin ich auch. Aber meine Leidenschaft gilt dem Kaffee."

„Verrückt." Jetzt liegt ein eindeutig amüsierter Ausdruck auf seinem Gesicht, während er – tatsächlich mit offensichtlichem Genuss – von seinem Kaffee trinkt.

Ich blinzele. „Was ist verrückt?"

„Na, sollten nicht Bücher die Leidenschaft einer

Lektorin sein? Und nicht Kaffee?“

„Ich … ja, natürlich, und das ist auch so. Ich liebe Bücher. Aber …“

„Ja?“

„Na, kann man denn nicht von etwas träumen, das nichts mit dem derzeitigen Beruf zu tun hat?“, gebe ich ein wenig gereizt zurück. Ich schüttele den Kopf. „Außerdem habe ich wirklich keine Lust, den Rest meines Lebens als kleine Assistentin zu arbeiten und …“

„Assistentin? Ich denke, Sie sind Lektorin.“

Oh. „Ja, schon … eigentlich. Aber … Also, ich hatte bei dem Verlag, für den ich früher tätig war, einige Probleme. Dann fiel es mir schwer, wieder in meinem Job Fuß zu fassen, und am Ende war es Mr. Davenport, der mir eine Chance gab.“

„Was für Probleme hatten Sie genau?“, fragt er und trinkt wieder von seinem Kaffee. Schmeckt der ihm etwa wirklich? Allen Ernstes?

„Das geht Sie wohl kaum etwas an“, sage ich abwehrend.

„Das denke ich aber sehr wohl. Ich will Sie schließlich kennenlernen, schon vergessen?“

„Nein, das habe ich nicht vergessen. Aber über meine Vergangenheit spreche ich nicht. Ich …“

In dem Moment tritt wieder die Bedienung an unseren Tisch, und dieses Mal bin ich Miss Blondchen regelrecht dankbar dafür, dass sie sofort anfängt, Mason schöne Augen zu machen.

„Noch mal tausendmal *Sorry*, dass es etwas länger gedauert hat, Mr. Cromwell“, säuselt sie. „Hach, wenn

Sie wüssten, wie viel ich hier immer um die Ohren habe. Die ganze Arbeit macht sich ja leider nicht von allein."

„Das glaube ich. Warten Sie, ich helfe Ihnen", erwidert er und steht, ganz gentlemanlike, auf, um sexy Isla das Tablett abzunehmen. Während er es festhält, nimmt sie Teller und einen Korb mit verschiedenen Backwaren wie Scones, Teacakes und Weizenbrot herunter und platziert alles auf dem Tisch. Am Schluss folgen noch Butter, Aufschnitt und Konfitüre.

„Dann danke ich recht schön für Ihre Hilfe, Mr. Cromwell. Lassen Sie es sich gut schmecken und melden Sie sich, wenn Sie noch etwas brauchen, ja?", trällert sie und verschwindet wieder.

Mich hat sie keines Blickes gewürdigt.

Mason setzt sich wieder, und bevor er noch einmal auf meine Vergangenheit zu sprechen kommen kann, frage ich: „Und, wie war es heute Nacht im Club?"

Kurz wirkt er wieder erschrocken. Oder bilde ich mir das auch jetzt nur ein? Aber nein, nein, er ist eindeutig zusammengezuckt. Schluckt jetzt auch hörbar. Räuspert sich und fragt schließlich:

„Sie ... wissen von dem Club?" Er klingt tatsächlich unsicher. Dann kneift er die Augen zusammen und fragt: „Woher?"

Ich hebe die Schultern. „Mr. Davenport hat so etwas erwähnt. Was für ein Club ist es denn?"

Er winkt ab. „Kennen Sie nicht. Außerdem war ich nur kurz da. Sonst hätte ich kaum so früh wieder zurück sein können, oder?“

Stimmt natürlich. London ist ja nicht gerade um die Ecke. „Aber warum fahren Sie so weit, um dann doch nur so kurz zu bleiben?“, überlege ich laut. Ich lache. „Hatten Sie Angst, ich räume Ihnen die Bude leer? Oder haben Sie mich vermisst?“

Ich beiße mir auf die Zunge. Du meine Güte, so albern bin ich doch sonst nicht.

Zu meiner Verwunderung scheint meine Bemerkung ihn regelrecht aus der Bahn zu werfen.

„Machen Sie sich nicht lächerlich. Wieso sollte ich Sie vermissen, ich kenne Sie nicht mal. Und wollte Sie, nebenbei bemerkt, nie bei mir haben.“

Ich hebe die Hände. „Schon gut, schon gut. Kein Grund, so herum zu poltern. War eh nur ein Witz.“

„Ein Witz. Aha.“ Er schüttelt den Kopf und nimmt sich einen Scone. „Lassen wir das. Also, wie soll es Ihrer Meinung nach nun mit uns beiden weitergehen?“

Aufmerksam beuge ich mich vor. Endlich Schluss mit dem Geplänkel, denke ich mir, und wir können zum Wesentlichen kommen. „Ganz einfach“, erwidere ich. „Sie geben mir endlich Ihr Manuskript, ich lese es, und dann sehen wir, wie wir weitermachen.“

„Bedauere.“ Er schüttelt den Kopf und lässt sich genüsslich seinen Scone schmecken.“

Ich ziehe die Brauen zusammen. „Was soll das heißen – bedaure?“

„Na, dass das nicht möglich ist. Wie ich schon sagte“, er trinkt wieder ein Schluck von diesem grässlichen Kaffee, „ich kenne Sie nicht gut genug für so etwas.“

Ich stöhne genervt auf. Mein Blick fällt auf die Platte mit dem Gebäck, doch auch wenn mir vorhin noch der Magen geknurrt hat, verspüre ich jetzt überhaupt keinen Appetit mehr. Das führt doch hier alles zu nichts. „Wie gut müssen Sie mich denn noch kennenlernen? Ich weiß doch auch nicht alles über Sie. Weder, was das für ein mysteriöser Club ist, in den Sie gehen, noch was Sie sonst noch treiben oder welche Farben Ihre Unterhosen haben. Ich …"

„Meine Unterhosen haben für gewöhnlich die Farbe Schwarz, ich treibe das, was die meisten anderen Menschen auch treiben, und bei dem Club, der Sie ja scheinbar so sehr interessiert, handelt es sich um den *Millionaires NightClub*. Sonst noch was?"

„Millionaires NightClub?", wiederhole ich mit weit aufgerissenen Augen. „Etwa dieser P… dieses Bordell für Millionäre, um das sich so viele Geheimnisse ranken?"

So richtig Genaues weiß ich nicht über den Club. Ab und zu steht mal was in der Boulevardpresse darüber, aber ich muss zugeben, dass ich so was für gewöhnlich nicht lese. Ich weiß nur, dass der Club irgendwo in der Nähe des Hyde Parks ist.

„Das ist kein Bordell!", protestiert Mason sofort. „Wie Sie schon sehr richtig erwähnten – um den Club ranken sich viele Geheimnisse und vor allem Gerüchte. Und eines der nicht auszurottenden Gerüchte ist, dass es sich um einen Puff für besonders reiche Männer handelt."

„Und das ist also nicht zutreffend?"

„Ganz und gar nicht."

„Schön. Was ist es dann für ein Club?“ Ich winkte ab. „Ach, vergessen Sie es, das interessiert mich überhaupt nicht. Ich bin hier, weil Mr. Davenport mich hergeschickt hat. Also“, herausfordernd sehe ich Mason Cromwell an, „was muss ich tun, damit Sie mir endlich Ihr Manuskript geben und mich einfach nur meine Arbeit machen lassen, hm?“

Einen Augenblick schweigt er. Dann: „Ganz einfach. Übermorgen fahre ich wieder nach London. In den Club. Begleiten Sie mich, und Sie bekommen anschließend das Manuskript.“

SIEBEN

Mason

„Ich soll – was? Sie begleiten? In diesen … Club?

Amüsiert und gleichzeitig fasziniert beobachte ich, wie sich Bekkas Augen weiten. Vor Überraschung, aber auch vor Entsetzen. Keine Frage, sie hat schon einiges über den Club gehört. Und das, was in der Boulevardpresse so darüber geschrieben wird, kann durchaus manchmal … verwirrend und für manche auch beängstigend sein.

Auf jeden Fall rattert es ganz schön hinter ihrer hübschen Stirn. Am liebsten würde Bekka rundheraus ablehnen, das steht fest. Mir mein Angebot um die Ohren hauen. Doch ganz so einfach ist das ja nicht, immerhin will sie den Auftrag, mit dem Andrew sie hergeschickt hat, zu dessen Zufriedenheit erledigen.

Also ist sie da in einer Zwickmühle. Und das sieht man ihr auch an.

Ich könnte mich jetzt also an ihrem Anblick weiden. Ihn genießen. Doch das klappt nur einen kleinen Moment lang, dann beginne ich auch schon, mich über mich selbst zu ärgern.

Was, in drei Teufels Namen, ist bloß in mich gefahren, Bekka ein solches Angebot zu machen? Ich will sie mitnehmen? In den *Millionaires NightClub*? Grundgütiger, wie komme ich denn auf so eine Schnapsidee?

Nun, wahrscheinlich ist die Frage recht einfach zu beantworten: Ich habe das getan, weil ich den Gedanken, mit ihr zusammen den Club aufzusuchen, einfach nicht mehr aus dem Kopf bekomme, seit mir im Darkroom letzte Nacht ihr leuchtendes Abbild erschienen ist.

Ich kann das selbst alles noch immer nicht richtig fassen. Was ist denn bloß mit mir los? Schon auf dem Weg nach London fühlte ich mich irgendwie merkwürdig. Dann, im Club, fand ich aus irgendeinem Grund nicht zu gewohnter Stimmung. Die kleine Blonde, deren Namen ich nicht mehr weiß, war ein ziemliches Geschoss, keine Frage, und normalerweise hätte ich sie mit Freuden vernascht. Nicht so gestern. Stattdessen habe ich sie einfach im Darkroom stehen lassen. Habe James' Nickerchen unterbrochen, das er in der Limousine gehalten hat, wie üblich, wenn ich im Club bin, und mich anschließend nach Hause fahren lassen.

Als ich dann gegen zehn Uhr hier ankam, hatte ich nur einen Wunsch: endlich Bekka wiederzusehen. Mit ihr frühstücken zu gehen. Mit ihr zu sprechen. Mehr über sie zu erfahren …

Jetzt sehe ich, wie Bekka nervös zu einem Croissant greift und ein großes Stück abbeißt. Dabei starrt sie nachdenklich vor sich hin. Keine Frage, in diesem Moment schießen ihr tausend Gedanken durch den Kopf.

„Was genau ist das für ein Club?", will sie wissen.

Ich überlege kurz, was ich ihr verraten kann – und was besser nicht. „Stellen Sie sich das Ganze wie eine große Disco vor. Männer dürfen dort nur hinein, wenn sie Mitglieder sind. Eine Mitgliedschaft kostet zwei Millionen Pfund pro Jahr, das erklärt auch den Namen des Clubs und …"

„Zwei Millionen Pf…" Bekka verschluckt sich an ihrem Croissant. Ein schlimmer Hustenanfall ist die Folge.

Ich stehe auf, trete hinter sie und klopfe ihr vorsichtig auf den Rücken.

Langsam beruhigt sie sich wieder.

„Geht's?", erkundigte ich mich leicht besorgt.

Sie nickt, und ich setze mich wieder.

„Also", fahre ich fort. „Die Frauen, die dort im Club zu Gast sind, müssen sich vorab bewerben. Die Clubleitung entscheidet dann, wer kommen darf und wer nicht."

„Und wonach richtet sich das Auswahlverfahren da?", fragt sie.

„Darüber weiß ich nichts", erwidere ich, doch natürlich stimmt das nicht so ganz. Zumindest kann ich mir denken, dass das Aussehen eine ganz entscheidende Rolle spielt. „Nun, bevor die weiblichen Gäste den Club betreten, müssen sie eine Verschwiegenheitserklärung unterschreiben. Um zu verhindern, dass sie hinterher Informationen über Club und Mitglieder an die Presse verkaufen."

„Verstehe."

„Im Inneren des Clubs gibt es dann verschiedene Bars, an denen man etwas trinken kann, es gibt eine Tanzfläche sowie einige Spieltische." Ich hebe die Schultern. „Im Grunde also nichts weiter als ein Ort zum Kennenlernen und Feiern, bloß sind die männlichen reichen Mitglieder in puncto Diskretion auf der sicheren Seite."

Tja, den Darkroom erwähne ich mal nicht. Besser so, oder?

„Wenn aber die weiblichen Gäste extra ausgewählt werden, wie soll ich dann …"

„Das werde ich schon regeln, keine Sorge." Ich mustere sie prüfend. „Also, was sagen Sie? Deal?"

Sie zögert noch einen Moment, dann schüttelt sie den Kopf. „Selbst wenn ich wollte, das ginge überhaupt nicht."

„Ach, und wieso?"

„Weil ich da nicht reinpasse. Oder glauben Sie etwa, die lassen mich in Jeans und T-Shirt überhaupt in den Club? Und außer einem Sommerkleid und Businesskleidung habe ich sonst nichts dabei."

„Kein Problem", sage ich. „Dann fahren wir morgen nach Edinburgh und kaufen für Sie ein."

Jetzt lacht sie. „Ich weiß ja nicht, was Sie für Vorstellungen haben. Mr. Davenport ist ein wirklich netter Mensch und ein guter Chef – aber so viel, wie Sie offenbar glauben, verdiene ich nicht bei ihm."

„Wer hat gesagt, dass Sie das bezahlen sollen? Das übernehme selbstverständlich ich."

„Sie sind verrückt." Einen Augenblick lang sieht sie mich skeptisch an, dann schüttelt sie den Kopf. „Nein, das kann ich nicht annehmen."

„Was heißt annehmen? Es ist ja nicht einfach ein Geschenk. Es ist ja praktisch meine Bedingung, dass Sie mich begleiten, wenn Sie mein Manuskript lesen wollen. Also muss ich auch dafür sorgen, dass Sie über entsprechende Kleidung verfügen."

„Na ja, so gesehen …"

„Also, was ist nun? Sind Sie einverstanden oder nicht?"

Sie hebt die Schultern. „Mir bleibt wohl kaum etwas anderes übrig, oder?"

„Also ja?" Zufrieden sehe ich sie an. „Gut, dann wäre das ja geklärt", sage ich und lasse mir weiter mein Frühstück schmecken.

DRITTER TEIL

EINS

Bekka

„Was wissen Sie eigentlich über Edinburgh?“, erkundigt Mason sich, als wir am nächsten Vormittag die Stadt erreichen. Wir sind mit seinem Sportwagen gekommen, und zu meiner Überraschung ist Mason selbst gefahren.

„Ich dachte immer, Leute wie Sie lassen sich nur chauffieren“, habe ich gesagt, als er mir die Tür zum Wagen öffnete.

Beim Ausdruck „Leute wie Sie“ kniff er leicht verärgert die Augen zusammen, wie mir nicht entging.

„Normalerweise fahre ich auch nicht selbst“, erwiderte er. „Aber James fährt uns schon morgen nach London, da braucht er auch mal einen freien Tag.“

Das war die durchaus einleuchtende Erklärung. Irgendwie aber werde ich noch immer das Gefühl nicht los, dass Mason mich einfach nur ein wenig mit seinen Fahrkünsten beeindrucken wollte.

Nun, das hat er dann auch tatsächlich. Die Fahrt war jedenfalls sehr schön. Bei dem herrlichen Wetter war das Verdeck des Cabrios natürlich offen, ich habe den Fahrtwind und das Prickeln der Sonne auf meinem Gesicht genossen. Außerdem natürlich die Landschaft!

Weite, grüne Hügel und Täler, Wasserflächen und

pittoreske kleine Dörfer.

Obwohl Mason durchaus schnell und manchmal auch ein wenig rasant gefahren ist, habe ich mich nicht eine Sekunde unsicher neben ihm im Wagen gefühlt. Und wenn doch, dann allerhöchstens, weil die Nähe zu ihm mir ein heißes Kribbeln nach dem anderen durch den Körper gejagt hat.

„Ehrlich gesagt weiß ich so gut wie nichts über Edinburgh", beantworte ich nun seine Frage und lache ein wenig beschämt. „Ich weiß ja nicht mal allzu viel über London, obwohl ich dort aufgewachsen bin."

„Na, dann hören Sie jetzt einfach mal zu, dann erfahren Sie etwas über Edinburgh", erwidert er, nachdem er in einer kleinen Seitenstraße geparkt hat und wir ausgestiegen sind. Nun spazieren wir durch hübsche schmale Gassen. „Edinburgh ist die Hauptstadt von Schottland, das werden Sie noch wissen, denke ich?"

Ich nicke.

„Gut. Das war aber nicht immer so. Vor dem fünfzehnten Jahrhundert war nämlich Perth die Hauptstadt von Schottland. Und interessanterweise denken viele Menschen heute sofort an Glasgow, wenn die Frage nach der Hauptstadt kommt. Was die Namensherkunft von Edinburgh betrifft, so gibt es mehrere Theorien. Die wahrscheinlichste ist, dass die Stadt nach dem gododdinischen König Clydno Eiddyn benannt wurde. Eine andere Hypothese besagt, dass es sich von Dùn Èideann ableitet, was so viel bedeutet wie ‚Festung am Hügelhang'. Die meisten Einwohner sind Schotten, es gibt aber auch viele Deutsche,

Engländer, Polen und auch Chinesen hier."

„Interessant", sage ich, und das meine ich ehrlich. Wir spazieren weiter, ich sehe mir die Schaufenster der kleinen Geschäfte hier an – darunter ein kleiner uriger Süßwarenladen und natürlich auch ein Coffeeshop.

„Na?", fragt Mason grinsend. „Wie wäre es mit einem Kaffee?"

Als sein Arm zufällig meinen streift, rieselt ein prickelnder Schauer durch meinen Körper.

Ich winke ab. „Ehrlich gesagt, im Moment nicht."

„Weil der Coffeeshop Ihnen zu … gewöhnlich ist?", erkundigt er sich.

Ich lächle. „Schon möglich."

„Wenn ich jetzt so darüber nachdenke … Er sieht tatsächlich so ähnlich aus wie …"

„Wie alle anderen", vervollständige ich den Satz. „Genau das meine ich ja."

„Dann erzählen Sie doch mal, wie er Ihrer Meinung nach aussehen müsste."

„Ach, ich …" Ich schüttele den Kopf. „Das weiß ich auch nicht …"

„Kommen Sie schon! Wenn Sie wirklich mal ein eigenes Café eröffnen – wie würde es aussehen? Beschreiben Sie es mir!"

„Also gut. Es würde auf jeden Fall … gemütlicher aussehen." Ich deute durch die Schaufensterscheibe ins Innere des Coffeeshops. „Sehen Sie, das fängt schon hier beim Fenster an. Außen an der Scheibe ein paar Aufkleber, sonst nichts. Keine Gardinen innen, nichts in der Auslage. Drinnen ist da wieder die große Theke, an der man seine Bestellung aufgeben muss. Keine

Bedienung, die mit Block und Stift und einem freundlichen, einladenden Lächeln an den Tisch kommt. Dahinter ein großer kahler Raum mit Tischen und Stühlen. Keine Tischdecken, keine hübschen Bilder an den Wänden, keine Kerzen oder Blumen auf den Tischen."

„Das alles wäre dann bei Ihnen anders?"

„Worauf Sie sich verlassen können! Ich …" Seufzend schließe ich kurz die Augen. „Ich würde einfach wollen, dass meine Gäste sich schon beim Eintreten fühlen, als würden sie zu Besuch bei Großmutter sein. Dass sie sich entspannen können, bei gutem Kaffee und leckerem Kuchen, in gemütlicher, heimeliger Atmosphäre."

„Und der Kaffee käme dann nicht aus einer Siebträgermaschine?"

Lachend mache ich eine abwehrende Handbewegung. „Um Himmels willen, nein! Bei mir gäbe es meinen speziellen Filterkaffee, von Hand aufgebrüht."

„Von Hand?" Jetzt lacht er. „Na, da sollten Sie Ihren Laden aber besser nicht in London City eröffnen."

„Hm." Ich rümpfe die Nase. „Tja, es sei denn, ich habe viele Angestellte …"

„Und was macht Ihren Kaffee so speziell?"

„Betriebsgeheimnis", erwidere ich mit einem geheimnisvollen Lächeln. „Aber sagen Sie mal, Sie interessieren sich doch nicht wirklich für all das, oder?"

„Warum sollte ich sonst fragen?"

Auch wieder wahr. Trotzdem überrascht es mich. Aber ich habe tatsächlich das Gefühl, dass sein Interesse ehrlicher Natur ist.

Wir gehen weiter, und vor einer teuer aussehenden Boutique bleibt Mason schließlich stehen.

Erst jetzt erinnere ich mich wieder daran, weshalb wir überhaupt hergekommen sind.

„Meinen Sie, das ist … der richtige Laden für mich?“, frage ich unsicher.

Ja, ich gebe es zu: Für gewöhnlich kaufe ich meine Klamotten bei H&M oder Dorothy Perkins. Und was ist auch schon dabei? Der Gedanke, nun in ein so kleines Geschäft zu gehen und mich da beraten zu lassen, behagt mir nicht.

Doch da muss ich jetzt wohl durch. Und irgendwie, ja, ich kann es nicht leugnen, irgendwie erfüllt mich der Gedanke an das, was jetzt bevorsteht, auch mit Aufregung.

Mason führt mich also in die Boutique. Drinnen herrscht eine unglaublich luxuriöse Atmosphäre. Voller Bewunderung betrachte ich die Kristall-Leuchter an den Decken, die hellen Samtsofas und den kostbaren Marmorfußboden. Natürlich fühle ich mich in meinen Freizeitklamotten sofort fehl am Platze. Die elegante Verkäuferin, die erst Mason strahlend und beinahe unterwürfig begrüßt und mich dann mit einem kurzen, abschätzenden Blick mustert, verstärkt den Eindruck noch. Oder bilde ich mir nur ein, dass sie mich so komisch ansieht? Kann sein, aber ein bisschen was ist da schon dran, da bin ich mir sicher. Und ehrlich gesagt spiele ich schon mit dem Gedanken, den

Laden sofort wieder zu verlassen. Dann aber sieht Mason mich lächelnd an, und sein Lächeln zieht mich völlig in den Bann. Es ist ein warmes, freundliches, sanftes Lächeln, wie ich es bisher noch nicht an ihm gesehen habe. Und es ist ein Lächeln, das mein Herz höher schlagen lässt.

Ist Mason am Ende vielleicht doch gar nicht so ein unfreundlicher Klotz, wie ich zu Anfang dachte? Doch selbst wenn, bräuchte es mich gar nicht zu interessieren. Ich bin nur aus beruflichen Gründen bei ihm, und nur aus beruflichen Gründen habe ich mich bereiterklärt, ihn morgen in diesen mysteriösen Club zu begleiten.

Zumindest versuche ich, mir das einzureden. Aber sieht die Wahrheit nicht ein klein wenig anders aus? Erfüllt mich nicht allein schon der bloße Gedanke an diesen Club mit einer Aufregung, wie ich sie noch nie zuvor im Leben verspürt habe?

Ich weiß es nicht, wirklich nicht. Alles ist so verworren, so durcheinander. Aber eines weiß ich dann doch.

Dass ich, ganz gleich, was die Verkäuferin von mir hält, unbedingt etwas Passendes zum Anziehen finden will. Um morgen in diesem Club schön auszusehen.

Für Mason.

ZWEI

Mason

Während Bekka sich von der Verkäuferin beraten lässt – natürlich handelt es sich bei der Dame mal wieder eine dieser sexy, aber oberflächlichen und austauschbaren Püppchen –, mache ich es mir auf dem Sofa bequem, das extra für Leute wie mich da steht: Für Männer, die mit ihren Frauen oder Geliebten herkommen, um sie mit sündhaft teuren Kleidern bei Laune zu halten.

Frau? Geliebte?

Nun, Bekka ist nichts von beidem. Weder meine Geliebte, noch – bewahre – meine Frau.

Aber gegen einen kleinen Fick mit ihr hättest du wohl nichts einzuwenden, oder?

Ich erstarre. Wo ist das jetzt wieder hergekommen? Natürlich hätte ich an so etwas keinerlei Interesse. Absolut nicht. Erstens sollte ich wirklich andere Sorgen haben, was diese Frau angeht – immerhin ist sie hier, weil sie in Andrews Auftrag mein Manuskript lesen und bearbeiten will, und ja, das *ist* ein ziemliches Problem für mich, ein Problem, für das ich irgendwann mal eine Lösung finden sollte. Und zweitens ist sie einfach nicht mein Typ. So.

Nicht dein Typ? Und warum musst du dann immerzu an sie denken? Komm schon, du kriegst doch sogar einen Ständer, wenn du sie dir in ihrem Eulenschlafanzug vorstellst!

So ein Unsinn! Natürlich stimmt nichts davon!

Wenn das alles nicht stimmt, warum bist du dann hier mit ihr beim Shoppen? Und warum willst du unbedingt mit ihr in den Club gehen? Sogar dein Manuskript hast du ihr im Gegenzug angeboten. Gerade Letzteres dürfte deine Probleme noch verstärken.

Ach, warum unterhalte ich mich überhaupt ständig mit dieser komischen inneren Stimme? Ich sollte meine Zeit wirklich sinnvoller nutzen.

Und das tue ich jetzt auch, indem ich mein Smartphone aus der Tasche ziehe und eingegangene Nachrichten checke, während Bekka in der Umkleidekabine verschwindet.

Andrew hat mir ein paar Mal geschrieben. War kaum anders zu erwarten. Er bittet mich inständig, nett zu Bekka zu sein und mit ihr zu kooperieren. „Das ist doch das Beste für uns alle“, meint er.

Na ja, er kann sich ja beruhigen. Immerhin ist es doch sehr nett von mir, Bekka teure Kleider zu kaufen, oder nicht? Und dann führe ich sie auch noch in den Club aus …

Noch immer frage ich mich, ob das wirklich eine gute Idee war. Nein, das brauche ich mich gar nicht zu fragen, ich kenne die Antwort nämlich längst. Und die lautet definitiv: nein! Nein, nein und nochmals nein. Es war ganz und gar keine gute Idee.

Das Problem ist bloß – allein der Gedanke daran, morgen mit ihr den Club zu betreten, erfüllt mich mit einer Aufregung, wie ich sie schon sehr lange nicht mehr verspürt habe.

Unruhig rutsche ich auf dem Sofa hin und her, während in meinem Kopf die heißesten Bilder entstehen: Bekka in der schummrigen Atmosphäre des Clubs, champagnertrinkend an der Bar, dann auf der Tanzfläche, wo sie sich im Rhythmus der Musik bewegt, und schließlich im Darkroom, wo unsere Körper eng aneinandergepresst …

Schluss damit!, rufe ich mich zur Ordnung. Ich schüttele den Kopf, doch die Gedanken lassen sich nicht vollends verbannen. Und ich muss mich vorbeugen und eine der Wirtschaftsmagazine vom Tisch neben dem Sofa nehmen, um die Beule in meiner Hose vollends zu verbergen.

Lieber Himmel, was stimmt mit mir nicht? Diese Frau ist überhaupt nicht mein Typ, woher kommen also diese heißen Fantasien?

Ich komme nicht dazu, weiter darüber nachzudenken, denn in dem Moment tritt Bekka vor mich und präsentiert mir das erste Outfit, das sie anprobiert hat.

Sie trägt ein eng anliegendes, cremefarbenes Kleid in Wickeloptik. Etwas verlegen dreht sie sich vor mir. Mir entgeht nicht, dass sie sich offenbar unwohl fühlt, ich weiß bloß nicht, warum. Wahrscheinlich liegt es daran, dass sie solche Kleidung nicht gewohnt ist. Oder sie denkt, dass so etwas nichts für sie ist. Aber da täuscht sie sich.

Sie probiert nun ein Outfit nach dem anderen an. Ich kann mir keinen besseren Zeitvertreib vorstellen, als ihr bei dieser kleinen Modenshow zuzusehen.

Wobei – etwas gäbe es da schon, das ich lieber

täte: nämlich, ihr die Kleider gleich wieder vom Leib zu reißen.

Beim Gedanken daran, mit Bekka in der Umkleidekabine zu verschwinden, wird mir schon wieder ganz heiß.

„Ich weiß nicht“, sagt sie irgendwann, als sie in einem Traum aus goldfarbenem Lamé und Spitze vor mir steht. Der Stoff ist in der Taille gerafft und verläuft mit einem breiten Band aus Spitze, diagonal zu einer Schulter hinauf. Über die Hüften fällt das Kleid eher locker, wie eine Schleppe. Es betont all ihre Vorzüge und kaschiert gleichzeitig ihre kleinen Problemzonen. Trotzdem steht sie jetzt vor mir und sagt: „Das ist doch alles nichts für mich.“

Ich sehe sie an, und mir stockt der Atem. Wie kommt sie bloß darauf, dass das nichts für sie ist? Sie sieht einfach hinreißend aus. Sexy. Ist sie sich dessen überhaupt bewusst?

Ich stehe auf und gehe zu ihr hin. Nehme sie an die Hand und gehe mit ihr zu einem der großen Spiegel an der Wand.

„Betrachten Sie sich im Spiegel, Bekka“, sage ich. „Nun? Was sehen Sie?“

Sie lacht unsicher. „Na, was wohl? Mich. Mich in einem viel zu teuren Kleid, das nicht zu mir passt. Zu mir passen Freizeitklamotten und vielleicht noch Businessanzüge – aber doch nicht *so was*!“

Ich schüttele lächelnd den Kopf. „Also, *ich* sehe eine wunderschöne Frau. Eine Frau, die sich vielleicht von den Frauen, die hier für gewöhnlich ein- und ausgehen, unterscheidet, ja – allerdings im positiven

Sinne. Die Frau, die ich hier sehe, ich nicht so gewöhnlich wie die anderen, nicht so oberflächlich und nicht so austauschbar. Allerdings sollte diese Frau hier dringend an ihrem Selbstbewusstsein arbeiten."

Sie schluckt hörbar. „Ich … Danke, Mason, das … ist sehr nett von Ihnen."

„Nicht nett, sondern wahr."

Von jetzt an scheint Bekka unverkrampfter an die ganze Sache heranzugehen. Sie probiert noch einige Kleider aus, und als sie schließlich fragt, wie sie sich nun für eines entscheiden soll, muss ich lachen.

Denkt sie wirklich, ich kaufe ihr nur ein Kleid? Für was für einen Mann hält sie mich?

„Packen Sie alles ein, was der Dame gefallen hat", weise ich die Verkäuferin an, die sofort große Augen bekommt. „Und packen Sie bitte noch die passenden Handtaschen und Schuhe in Größe …"

„Sechs", erwiderte Bekka überrumpelt.

„In Größe sechs mit dazu."

Die Verkäuferin strahlt. „Aber natürlich, Sir. Vielen Dank."

Als wir wieder allein sind, kommt Bekka auf mich zu und sieht mich aus großen Augen an. *„Alle?"*, fragt sie und sieht dabei richtig süß aus. „Aber das … das kostet doch ein Vermögen!"

„Glauben Sie, für mich sind das Peanuts."

Sie schüttelt den Kopf. „Trotzdem. Das … das kann ich nicht annehmen. Wir kennen uns doch kaum."

Du liebe Güte, hat sie überhaupt eine Ahnung, mit wie vielen Frauen, die ich noch weniger kannte, ich schon ganz andere Sachen gemacht habe als ihnen ein paar Klamotten zu kaufen?

„Wir sind doch dabei, uns kennenzulernen, oder nicht? Kommen Sie schon, Sie würden mir eine Freude machen."

„Ich weiß nicht …"

„Also, dann machen wir es so: Ich lasse die Kleider zu mir bringen, und dann sehen wir weiter. Wenn es Ihnen dann immer noch unangenehm ist, gebe ich sie zurück. Ansonsten behalten Sie sie einfach."

Sie seufzt. „Also schön, ehe wir deswegen noch in Streit geraten …"

„Genau meine Meinung." Ich lache. „Und jetzt kommen Sie. In Edinburgh gibt es noch mehr zu sehen als eine einzige Boutique!"

Der Rest des Tages ist dann auch noch wirklich schön verlaufen. Wir haben uns den Hafen und die Botanischen Gärten angesehen, und ganz besonders angetan war Bekka von Mary Kings Close. Denn die Altstadt von Edinburgh besteht nicht nur aus den oberirdischen Gassen und Häusern, nein: Es gibt auch unterirdische Viertel. Mary Kings Close ist so ein eins und immer einen Besuch wert. Bekka war richtig fasziniert davon. Die Begeisterung in ihrem Blick hat irgendetwas in mir angerührt.

Wir waren auch etwas in einem netten kleinen Bistro essen und haben uns dabei noch ausgelassen unterhalten. Es erstaunt mich immer noch, wie ungezwungen wir miteinander umgehen. Wenn ich daran denke, wie unser erstes Aufeinandertreffen verlief …

Ja, ich gebe zu, ich habe ein schlechtes Gewissen deshalb. Ich war wirklich ein unfreundlicher und ungehobelter Klotz am Tag ihrer Ankunft. Aber Andrew hat mich einfach auf dem falschen Fuß erwischt mit seiner Ankündigung, jemanden zu mir zu schicken, der mir bei der Arbeit an meinem Manuskript hilft. Und als Bekka dann vor mir stand, musste die Wut halt raus.

Nicht ungewöhnlich für mich. Weitaus ungewöhnlicher – und vor allem beunruhigender – ist die Tatsache, dass ich mir darüber jetzt überhaupt Gedanken mache. Dass ich mein Verhalten bereue und dass ich mich regelrecht dafür schäme, Bekka so behandelt zu haben.

Ich habe sogar schon überlegt, mich bei ihr zu entschuldigen. Ja, geht's noch? Bin ich noch ganz bei Trost?

Die Fahrt zurück verlief ebenfalls ausgelassen. Wir haben uns viel unterhalten und auch viel gelacht.

Als wir jetzt aus dem Wagen steigen, streckt Bekka sich. „Ach, das war ein schöner Tag!", stößt sie hervor. „Anstrengend, aber schön."

Im Schein der untergehenden Sonne betrachte ich ihre Gestalt. Nicht zum ersten Mal stelle ich fest, wie schön Bekka ist. Schön nicht in dem Sinne, dass sie aussieht wie eins der Top-Models oder It-Girls, mit denen ich mich normalerweise abgebe. Nein, Bekka ist anders. Auf ihre Art schön, auf eine natürliche, unverwechselbare Art.

„Kommen Sie“, sage ich und nehme ihre Hand. Die bloße Berührung sendet ein heißes Kribbeln durch meinen ganzen Körper. Das darf doch langsam nicht mehr wahr sein! Wieso reagiere ich derart heftig auf diese Frau? „Nehmen wir noch einen Drink. In meinem Arbeitszimmer habe ich eine gut ausgestattete Bar.“

Ich führe sie ins Haus und gebe Mairin Bescheid, dass das Abendessen noch etwas Zeit hat, da wir beide noch keinen wirklichen Hunger verspüren. Im Arbeitszimmer angekommen, gehen wir zu der kleinen Sitzecke, über der das Bild hängt, gegen das ich ein Whiskyglas geschleudert habe. Nach dem Gespräch mit Andrew, in dem er mir mitteilte, dass Bekka kommen wird.

Eine sinnlose Reaktion, die mir inzwischen unangenehm ist. Vor allem jetzt wieder, als Bekka vor dem Bild steht und es sich unsicher ansieht.

„Meinen Sie, da kann man noch was reparieren?“, fragt sie.

Ich stoße ein bitteres Lachen aus. „Wohl kaum. Aber das muss ja auch nicht Ihre Sorge sein.“

„Ich fühle mich aber ein bisschen … schuldig“, sagt sie, dreht sich zu mir und sieht mich mit einem so niedergeschlagenen Blick an, dass es mir förmlich in der Seele wehtut.“

„Schuldig?“, fragte ich entgeistert. „Warum? Weil ich mich nicht beherrschen konnte und ein Bild zerstört habe, das ich erst kurz zuvor erstanden habe?“

Sie senkt den Blick. „Immerhin war ich der Grund

für Ihren Wutausbruch."

„Das schlagen Sie sich mal ganz schnell wieder aus dem Kopf", erwidere ich, lege einen Finger unter ihr Kinn und drückte es so weit nach oben, dass sie mir direkt in die Augen sehen muss. „Für meine Unbeherrschtheit kann niemand etwas, schon gar nicht Sie, verstanden?" Ich stoße ein Seufzen aus. „Als Andrew mir mitgeteilt hat, dass er jemanden schicken wird, der mir bei der Fertigstellung meines Manuskripts helfen soll, fühlte ich mich einfach … unter Druck gesetzt. Noch mehr als ohnehin schon. In die Ecke getrieben halt." Ich hebe die Schultern. „Und dafür, dass ich schnell mal ein bisschen unbeherrscht reagiere, kann auch niemand etwas außer mir. So musste halt mein Bild dran glauben. Damit habe ich vor allem mir selbst geschadet. Wie sagt man so schön? Selbst schuld."

Jetzt muss sie wieder lächeln, und ihr Lächeln verzaubert mich.

„Übrigens", sagt sie leise, „ich wollte noch mal Danke sagen."

„Wofür?"

„Für den schönen Tag. Und für die Kleider. Und …" Sie zögert.

„Ja?"

„Dafür, dass Sie sich so für meine lächerlichen Träume interessiert haben. Die mit dem Café."

Wieder sehe ich ihr tief in die Augen, drohe, in den Tiefen zu versinken. „Träume sind niemals lächerlich", sage ich ernst. „Das dürfen Sie nie vergessen. Wir sollten unsere Träume ernstnehmen und versuchen, sie uns zu erfüllen. Zu viele Menschen tun das nicht, und das ist ein Fehler. Das bereut man später nur."

Sie schluckt hörbar, sieht mich an, ohne etwas zu sagen. Ich verliere mich in ihrem Blick und verspüre plötzlich nur noch einen Wunsch: ihr nah zu sein. Noch näher, als es im Moment schon der Fall ist.

Ich beuge mich vor und zu ihr hinab. Mein Gesicht nähert sich ihrem, mein Mund sucht ihre Lippen. Bekka rührt sich nicht, dann sehe ich, wie sie die Augen schließt. Fast berühren sich unsere Lippen, oder haben sie es nicht schon? Ganz leicht? Doch da reißt Bekka die Augen wieder auf und tritt einen Schritt zurück.

„Ich … ähm …" Sie schüttelt den Kopf. „Es tut mir leid, ich …"

„Kein Grund, sich zu entschuldigen", sage ich. „Und wenn, dann sollte wohl besser ich es tun."

„Ach was." Sie lacht, es klingt eine Spur zu albern, aufgesetzt. „Ist ja nichts passiert, oder?" Dann runzelt sie die Stirn. „Aber mir ist da gerade eine Idee gekommen", sagt sie dann und sieht mich an. „Schenken Sie uns am besten noch keine Drinks ein, ja? Ich bin in zwanzig Minuten wieder da."

Fragend sehe ich sie an. „Was …?"

„Später", sagt sie und stürmt regelrecht aus meinem Arbeitszimmer.

Ich schaue ihr noch nach, als sie längst verschwunden ist. Was war das denn jetzt?, frage ich mich und lasse mich seufzend aufs Sofa sinken. Ich strecke die Beine aus, lehne mich zurück und lockere meine Krawatte. Hoffentlich war Bekkas „Einfall“ nicht bloß ein Vorwand. Wollte sie in Wahrheit nur schnell weg, weil sie so geschockt von meinem Annäherungsversuch war?

Keine Ahnung. Aber geschockt bin ich selbst. Du liebe Güte, ich war wirklich drauf und dran, sie zu küssen! Aber warum bloß? Was fasziniert mich so an dieser Frau? Sie ist doch eigentlich gar nicht mein Typ!

Die Zeit vergeht quälend langsam. Irgendwie kommt mir jede Minute, die vergeht, wie eine ganze Stunde vor. Woran das wohl liegt? Moment mal, kann es etwa sein, dass ich Bekka schon vermisse, obwohl sie gerade einmal vor ein paar Minuten den Raum verlassen hat? Du lieber Himmel, natürlich nicht, das ist Unsinn! Sicher liegt es nur daran, dass ich unbedingt wissen möchte, warum sie gerade so schnell weg ist.

Endlich kommt sie zurück. Vorsichtig öffnet sie die Tür und kommt herein, ein Tablett mit einer Porzellankanne und zwei Tassen balancierend.

Fragend sehe ich sie an, als sie näher kommt.

„Fragen Sie nicht, bleiben Sie einfach sitzen und lassen sich bedienen“, sagt sie lächelnd. „Ich hatte vorhin die Idee, Ihnen einmal meinen ganz speziellen Kaffee zuzubereiten. Dann können Sie sich ein Bild davon machen, was guter Kaffee wirklich ist und wie ich ihn in meinem Café anbieten würde.“

Ich nicke. „Klingt verlockend.“

„Zum Glück hat Mairin alles in der Küche gehabt, was ich benötige“, spricht Bekka weiter. Sie lacht. „Der alte Porzellanfilter, der wohl noch von Ihrer Mutter stammt, Mason, musste zwar erst einmal entstaubt werden, aber das war schnell erledigt. Und nun", sagt sie beinahe feierlich und stellt das Tablett auf dem Couchtisch ab, „bin ich sehr gespannt auf Ihre Meinung zu meinem Spezialkaffee. Den bekommen Sie sonst nirgendwo auf der Welt!"

„Duften tut er schon mal sehr gut", sage ich, während sie Kaffee in eine der Tassen schenkt und das Aroma an meine Nase dringt.

„Nicht wahr?" Sie strahlt und reicht mir die auf einem Unterteller befindliche Tasse, die ich entgegennehme.

„Na los", fordert sie, den Blick erwartungsvoll auf mich und die Tasse gerichtet, „probieren Sie schon!"

Ich kann mir ein Lächeln nicht verkneifen. Dass sie so aufgeregt ist, ist richtig niedlich.

Ich fasse den Henkel der Tasse mit Daumen und Zeigefinger, hebe die Tasse an und genieße noch einmal den herrlichen Duft, der mir entgegenschlägt. Ja, ein belebender Kaffee ist jetzt genau das Richtige – und dann noch so ein ganz besonders guter, von Hand aufgebrüht …

Ich setze den Rand der Tasse an die Lippen, puste vorsichtig (etwas, das ein Held in den Millionärsschnulzen, die ich schreiben soll, übrigens nicht machen würde, da er dann nicht „stark und schmerzlos" genug rüberkommt, wie die Verlage wohl meinen) und nehme dann einen – nicht gerade kleinen – Schluck.

Das Erste, was ich bewusst wahrnehme, ist ein unglaublich bitterer Geschmack. Dann kommt da noch etwas anderes hinzu, das ich aber nicht näher definieren kann. Nur so viel: In meiner Kehle entsteht ein leichtes Würgen, und der Drang, alles direkt wieder auszuspucken, ist beinahe übermächtig.

Doch das will ich nicht. Mein Blick ruht ja immer noch auf Bekka, die mich erwartungsvoll ansieht. Ich will sie natürlich nicht enttäuschen. Doch was soll ich ihr gleich sagen? Soll ich sie anlügen und sagen, wie toll der Kaffee doch schmeckt – auf die Gefahr hin, die Brühe jetzt jeden Tag vorgesetzt zu bekommen?

Egal, erst mal muss das Zeug runter.

Augen zu und durch also, denke ich mir, und genau so mache ich es auch. Schließe kurz die Augen, schlucke, öffne die Augen wieder – und reiße sie regelrecht auf, als beinahe augenblicklich ein brennendes Gefühl hinter meinem Brustbein meine Kehle hochsteigt.

Ein schwerer Hustenanfall folgt, und ich habe das Gefühl, keine Luft mehr zu bekommen.

„Oje, haben Sie sich verschluckt? Warten Sie, ich klopfe!"

Ich nehme nur verschwommen wahr, wie sie neben mich tritt. Dann spüre ich, wie sie mir auf den Rücken schlägt.

Ich schüttele den Kopf und springe auf. „Lassen Sie das!", stoße ich hervor, nachdem ich endlich wieder normal Luft holen kann. „Ich habe mich nicht verschluckt!"

„Nicht?", fragt sie stirnrunzelnd. „Aber was …"

„Da fragen Sie noch?", fahre ich sie an und starre ihr ins Gesicht. „Wollen Sie mich vergiften, oder was?"

„Vergiften? Ich weiß nicht, was … Mein Kaffee ist doch …“

„Das ist kein Kaffee, das ist Hühnerpisse. Jedenfalls schmeckt er so. Ach was, Hühnerpisse schmeckt wahrscheinlich hundertmal besser!“

Mit offenem Mund steht sie da und sieht mich an. Schimmern da Tränen in ihren Augen? Oje, ich hätte nicht so ausrasten dürfen. Jetzt tut mir meine Reaktion schon wieder leid.

Doch ehe ich noch irgendetwas sagen kann, ergreift Bekka das Wort.

„Sie … Sie Scheusal!“, schleudert sie mir entgegen; dann macht sie auf dem Absatz kehrt und stürmt aus dem Arbeitszimmer.

DREI

Bekka

So ein Wichser!

Wutentbrannt stürmte ich in mein Zimmer, schmeiße die Tür hinter mir zu und schließe direkt auch noch ab. Mein Interesse, Mr. Millionär gleich wieder mal in meinem Zimmer stehen zu haben, hält sich jedenfalls in ganz engen Grenzen. Ach was, es ist nicht mal vorhanden!

Was bildet sich dieser Kerl überhaupt ein? Noch immer kann ich nicht fassen, was gerade passiert ist. Die ganze Mühe … die Freude, für Mason Kaffee zu kochen … und dann das! So etwas ist mir noch nie passiert. Bisher hat sich jedenfalls noch niemand über meinen Kaffee beschwert!

Ich werde aus meinen Überlegungen gerissen, als es an der Tür klopft.

Dann Masons Stimme: „Bekka? Bekka, hören Sie, ich … Machen Sie bitte mal auf."

Nö. „Warum sollte ich?", rufe ich gereizt zurück.

„Weil ich … Ach, ich möchte mich bei Ihnen entschuldigen, das war eben alles ein bisschen … ungünstig."

Ungünstig. Aha.

„Sie wissen doch, dass ich gerne mal ein bisschen unbeherrscht reagiere", spricht er weiter. „Und vorhin … Also, ich hatte ganz furchtbare Schmerzen hinter dem Brustbein und habe kaum noch Luft bekommen, da ist man nicht unbedingt Herr seiner Sinne und … Ach, ich bitte Sie, machen Sie doch endlich auf, ja?“

Schmerzen? Luftnot? Jetzt reicht es mir aber! Ich stürme zur Tür und öffne sie. Aus zusammengekniffenen Augen sehe ich Mason an, der mit gesenktem Blick vor mir steht. „Wenn Sie wirklich möchten, dass ich morgen mit in den Club komme, dann sollten Sie das Thema Kaffee in meiner Gegenwart nicht mehr anschneiden und mich jetzt einfach in Ruhe lassen, haben Sie mich verstanden?“, fahre ich ihn an. „Und wenn Sie Probleme mit Sodbrennen haben, besorgen Sie sich ein Mittel dagegen.“ Mit diesen Worten knalle ich ihm die Tür vor der Nase zu und schließe wieder ab.

Einen Moment herrscht Stille, dann höre ich sich langsam entfernende Schritte.

Ich atme auf. Ein Glück, die Drohung, nicht mit in den Club zu kommen, hat offenbar gewirkt!

Einen Augenblick lang stehe ich nur da und versuche, ein wenig ruhiger zu werden. Doch ich bin so wütend! Und das liegt gar nicht mal nur daran, dass ich einfach nicht verstehe, wie jemand so schlecht über meinen Kaffee reden kann.

Nein, da ist noch etwas anderes, und dabei geht es gar nicht mal um die Sache – also den Kaffee – an sich.

Sondern um Mason. Um Mason und mich.

Unser erstes Aufeinandertreffen war wirklich schrecklich. Und am liebsten hätte ich Mason damals zum Teufel gejagt. Aber dann … Ich weiß gar nicht mehr, wie das kam, aber irgendwie hat sich recht schnell alles geändert. Mason wurde immer netter zu mir, aufmerksamer, und heute haben wir wirklich einen schönen Tag zusammen verbracht. Das Shopping war ein Erlebnis, und wie er sich für meine Träume, ein eigenes Café betreffend, interessiert hat, das hat mich irgendwie richtig gerührt.

Und jetzt das!

Schon ist sie wieder mit voller Wucht da, die Wut. Wahrscheinlich hat Mason mir seine nette Seite nur vorgespielt, um mir hinterher richtig eins rein zu donnern. Und warum? Weil er mich nicht hierhaben will, das hat er ja auch von Anfang an zugegeben. Rausekeln will er mich, genau das ist es nämlich. Aber die Mühe kann er sich sparen, ich habe nämlich selbst keinerlei Interesse, hierzubleiben.

Rasch nehme ich mein Smartphone zur Hand und tippe eine Kurznachricht für Mr. Davenport ein.

Komme morgen zurück nach London. Mir reicht's.

Na, was schätzen Sie, wie viel Zeit nach dem Absenden der Message vergeht, bis die Klingelmelodie meines Handys einen eingehenden Anruf vermeldet? Zwei Minuten? Weniger. Eine Minute? Weniger. Zehn Sekunden? Na, ich will jetzt nicht übertreiben, aber mehr als eine halbe Minute ist es auf keinen Fall.

Ich nehme das Gespräch an. „Ja?“, melde ich mich knapp.

„Um Himmels willen, Bekka, was ist denn los?“, dringt sogleich Mr. Davenports aufgeregte Stimme aus dem Smartphone. „Ist etwas passiert? Geht es Ihnen gut?"

„Ob es mir gutgeht?", erwidere ich gereizt, obwohl ich ja eigentlich weiß, dass mein Chef nichts für das Verhalten seines Autors kann. Allerdings kann er sehr wohl was dafür, dass ich jetzt hier bin. Ich atme gut hörbar aus. „Hören Sie, Mr. Davenport, ich hab's wirklich versucht. Und ja, nach einem schweren Anfang habe ich sogar kurz mal geglaubt, dass es klappen könnte, mit Mason auszukommen. Aber was er sich gerade wieder geleistet hat – nein, das ist einfach zu viel!"

Ein kurzes Schweigen, dann: „Jetzt erzählen Sie mir erst einmal in aller Ruhe, was eigentlich passiert ist, Bekka. Ich habe doch immer ein offenes Ohr für Sie, wissen Sie das denn nicht?"

„Doch, natürlich, es ist nur ... Ach, dieser Kerl ist einfach nur unverschämt. Er will mich aus seinem Haus ekeln. Gerade hat er meinen Kaffee, den ich ihm mühevoll von Hand aufgebrüht habe, als Gift bezeichnet und ..."

„Kaffee?", fällt Mr. Davenport mir ins Wort und stößt ein lautes, ziemlich gequält klingendes Seufzen aus. „Sagten Sie gerade, Sie haben *Kaffee* für Mason gekocht?"

„Oh nein", stoße ich erschrocken hervor, als mir ein Einfall kommt. „Mason wird doch nicht etwa ... Hat er eine Allergie gegen irgendetwas, das mit Kaffee zusammenhängt? Oder schlimmen Bluthochdruck? Er hat nichts davon gesagt, und ... Moment mal, im Café hat er doch auch Kaffee getrunken!"

„Nein, nein, keine Allergie und auch sonst nichts."

Wieder so ein gequältes Seufzen. „Hören Sie, Bekka, ich weiß nicht recht, wie ich es Ihnen sagen soll, aber …“

„Ja?“

„Nun, es ist … Also, Ihr Kaffee, der ist …“

„Was?“ ich spüre, wie sich alles in mir verkrampft. Will Mr. Davenport mir etwa auch sagen, dass … dass … Nein, das kann ich nicht glauben.

Doch seine Antwort ist ungewöhnlich direkt. „Er ist ungenießbar, Bekka. Wirklich. Absolut ungenießbar.“

„Das soll wohl ein Witz sein!“ Ich stehe da in meinem Zimmer, das Handy ans Ohr gepresst, und starrte fassungslos ins Leere. „Sie haben meinen Kaffee doch immer mit Genuss getrunken“, protestiere ich.

„Eben nicht, Bekka. Meistens habe ich ihn stehenlassen, bis Sie außer Sichtweite waren, und dann habe ich ihn … weggekippt.“

„Weggekippt?“

„Ja. Anfangs in den Pflanzenkübel in meinem Büro. Aber Sie wissen ja, was mit der Pflanze passiert ist … dass sie eingegangen ist. Seitdem kippe ich ihn einfach aus dem Fenster. Der Hinterhof ist eh schmutzig, und …“

Ich nehme das Handy vom Ohr, halte es weiter mit der linken Hand fest, strecke den Arm aber weit aus und starre auf das Display. Ich höre noch Wortfetzen, die wie „Entschuldigung“ und „aber es ist nun mal die Wahrheit“ klingen, dann strecke ich den rechten Arm aus und tippe mit dem Finger aufs Display – dort, wo der rote Kreis ist.

Selten beende ich Telefongespräche, ohne mich zu verabschieden. Aber das war ja wohl die Höhe! So was muss ich mir von niemandem gefallen lassen – auch nicht von meinem Boss!

Aber was jetzt? Was soll ich jetzt tun? Wirklich meine Sachen packen und verschwinden? Was ist überhaupt mit meinem Wagen? Hat Mason den inzwischen reparieren lassen?

Und was dann? Was, wenn ich morgen zurück nach London fahre?

Dann bleibst du halt weiter den Rest deines Lebens einfache Assistentin und wirst es nie mehr zur Lektorin bringen. Und deinen Traum vom eigenen Café kannst du dann komplett vergessen.

Kann ich das nicht sowieso schon? Wo mein Kaffee doch anscheinend so schrecklich schmeckt?

Ach, ich muss einfach mit jemandem reden, und zwar dringend!

Linda!, schießt es mir da durch den Kopf. Ich lasse mich aufs Bett fallen und rufe die Nummer meiner besten (und einzigen) Freundin aus dem Speicher meines Smartphones auf.

Kaum, dass sie sich gemeldet hat, breche ich auch schon in Tränen aus.

„Bekka?", höre ich Lindas irritierte Stimme. „Bekka, bist du das? Natürlich bist du das, steht ja auf meinem Display, aber … was ist denn los?"

„Ach, Linda", stoße ich schluchzend hervor. „Ich weiß einfach nicht mehr weiter!"

„Jetzt beruhig dich erst mal, Süße. Wisch dir die Tränen weg und atme tief durch. Und dann erzähl mal, was passiert ist. Na, Ärger mit deinem Millionär?"

„Er ist nicht *mein* Millionär!", protestierte ich sofort – wohl eine Spur zu heftig, was auch Linda bemerkt.

„Na, hab ich's mir doch gedacht", kommentiert sie leicht amüsiert. „Also, wo drückt denn der Schuh?"

Ich atme noch einmal tief durch, um wieder runterzukommen, und erzähle ich nun die ganze Geschichte. Also, wie schrecklich unfreundlich Mason anfangs zu mir war und wie sich dann alles besserte – bis zu der Sache mit dem Kaffee heute.

„Tja, und dann habe ich mit Mr. Davenport gesprochen", erzähle ich weiter. „Habe ihm gesagt, dass ich schon morgen zurück nach London kommen werde – und weißt du, was er gemacht hat? Hat sich auf Masons Seite gestellt und allen Ernstes behauptet, dass mein Kaffee wirklich so schlecht ist. So schlecht, dass er ihn jedes Mal wegkippen muss!" Inzwischen überschlägt sich meine Stimme schon wieder. „Kannst du dir das vorstellen? Ich dachte, ich höre nicht richtig! Die beiden haben sich doch gegen mich verschworen. Keine Ahnung, warum, aber aus irgendeinem Grund … Linda? Hallo, Linda? Was ist mit dir? Du sagst ja gar nichts."

Ein Räuspern. Dann Stille. Wieder ein Räuspern. Dann: „Also, Bekka, jetzt hör mir mal zu, ja? Du weißt, ich bin deine beste Freundin. Deine allerbeste Freundin. Und ich würde nie …"

Den Rest höre ich schon gar nicht mehr. Ein unglaublicher Gedanke macht sich in meinem Kopf breit. „Moment mal", falle ich ihr ins Wort. „Du willst mir doch jetzt nicht etwa auch sagen, dass mein Kaffee …" Dann lache ich erleichtert auf. „Aber nein, du hast ihn ja nie probiert. Du trinkst ja gar keinen Kaffee."

Wieder so ein komisches kurzes Schweigen. Dann: „Na ja, also … so ganz stimmt das nicht …"

„Wie jetzt? Ich denke, du bist überzeugte Teetrinkerin."

„Ja, nun …" Sie windet sich. Das hört man deutlich. „Also, ich trinke schon bevorzugt Tee, aber eigentlich auch ganz gerne mal zwischendurch einen Kaffee. Bloß, kurz nachdem wir uns kennengelernt haben, da …"

„Ja?"

„Also, du warst zum ersten Mal bei mir zu Besuch, erinnerst du dich? Und du hattest deine Thermoskanne dabei. Weil du, wie du sagtest, am liebsten deinen eigenen Kaffee trinkst. Du hattest mir etwas davon angeboten, aber ehrlich gesagt, ich fand das zuerst etwas strange und habe mir lieber einen Tee gemacht."

Ich nicke. „Ja. Und?"

„Nun, es war dann schon ein etwas merkwürdiges Erlebnis, dir dabei zuzusehen, wie du deinen eigenen Kaffee trinkst."

„Hm?" Ich weiß nicht, was sie meint.

„Du warst wie … auf Wolken. Nach jedem Schluck, den du genommen hast, hast du dich kaum eingekriegt, weil der Kaffee ja so außergewöhnlich gut schmeckt." Sie seufzt hörbar. „Als du dann kurz auf dem Klo warst, konnte ich dann doch nicht widerstehen und hab einen Schluck genommen. Und, was soll ich sagen, Bekka, ich …"

„Sag einfach gar nichts!", falle ich ihr ins Wort. „Ich kann mir eh schon denken, was jetzt kommt. Eine schreckliche Brühe, richtig? Pures Gift."

„Na ja, so würde ich es jetzt nicht ausdrücken, wir sind ja schließlich Freundinnen, aber …" Wieder ein Seufzen. „Ganz im Ernst, Bekka, ich weiß, es ist nicht schön, so was zu hören, und ich wollte es dir eigentlich auch nie sagen, obwohl ich jetzt denke, dass das ein Fehler war. Ich hätte dir schon viel eher sagen sollen, dass dein Kaffee … Also, mit dem stimmt was nicht, Bekka. Und wenn du wirklich jemals ein eigenes Café eröffnest, dann solltest du dringend an der Rezeptur arbeiten – oder vorher eine verdammt gute Versicherung abschließen."

Irgendetwas verlässt gerade meine Kehle. Ein kleiner Schrei? „Wow, das war deutlich", sage ich dann. „Aber warum überrascht mich das eigentlich? Du bist schließlich die Dritte heute."

Eine ganze Weile herrscht Stille. Schließlich fragt Linda leise: „Und? Böse?"

„Böse?" Ich lache auf. „Quatsch, wie kommst du denn darauf? Du weißt doch, ich kann die Wahrheit vertragen."

„Ich wollte wirklich nicht …"

„So, ich muss jetzt Schluss machen, Linda, also bis bald …"

Rasch beende ich das Gespräch und schalte auch direkt mein Smartphone aus. Heute will ich mit niemandem mehr sprechen. Heute will ich mir nur noch die Decke über den Kopf ziehen und mich selbst bemitleiden.

Und morgen? Morgen packe ich dann in aller Früh meine Sachen, verschwinde aus Schottland und …

Plötzlich stocke ich. Will ich das denn wirklich? Will ich wirklich schon wieder meine Karriere in den Sand setzen, bloß weil alle scheiße und gemein zu mir sind? Oder sollte ich nicht viel eher …

Ich breche den Gedanken ab und schließe kurz die Augen. Als ich sie wieder öffne, habe ich einen Entschluss gefasst.

Ganz egal, was noch kommen wird – eines will ich mir jetzt nicht mehr entgehen lassen: die Chance, den mysteriösen *Millionaires NightClub* von innen zu sehen. Auch wenn ich anfangs sehr unsicher war, dorthin zu gehen, jetzt will ich es unbedingt!

Und wenn es nur dazu dient, Mason Cromwell mal zu zeigen, wie teuer es selbst für einen Millionär werden kann, wenn eine Bekka Davis sich mal so richtig besäuft!

Genau in der Sekunde, als Mason und ich am nächsten Tag nach dem Mittagessen aus dem Haus treten, fährt eine riesige Stretch-Limousine vor.

Für einen Moment stockt mir der Atem, und ich fühle mich wie in einem Film. Du meine Güte, denke ich, während ich die noble schwarze, glänzende Karosserie betrachte. Und da soll ich gleich einsteigen?

Ich meine, ich lebe in London. Da sieht man solche Limousinen jeden Tag dutzendweise. Geschäftsleute lassen sich damit vom Flughafen abholen, Touristen können für recht wenig Geld Sightseeing-Touren in solchen Wagen buchen … das ist in London einfach nichts besonders. Doch ich habe noch nie in einer Limo gesessen, zudem steht neben mir ein wahnsinnig attraktiver Millionär, mit dem ich gleich acht Stunden hinten in dem Wagen sitzen werde – das ist dann einfach doch etwas wirklich Außergewöhnliches.

Der Fahrer – ein traditionell gekleideter älterer Mann mit Anzug und Mütze – steigt aus, tritt hinten an den Wagen und hält uns die Tür auf. Mason lässt mir mit einer entsprechenden Handbewegung den Vortritt, und ich steige ein. Gar kein so einfaches Unterfangen, wie ich feststelle, denn der Einstieg ist doch sehr niedrig, und ich „falle“ praktisch sofort auf die edle, mit Leder bezogene Sitzecke, die die gegenüberliegende Seite und den hinteren Teil des Wagens umläuft.

Endlich sitze ich richtig, da steigt auch Mason ein, wesentlich eleganter als ich. Aber er hat da ja wohl auch ein bisschen mehr Übung. Ich kann nicht anders, als wieder einmal zu bewundern, wie gut er aussieht in seinem sicher unglaublich teuren schwarzen Anzug. Ich selbst fühle mich zwar ungewohnt, aber auch überraschend wohl in meinem goldenen Abendkleid.

Wegen der Sache mit dem Kaffee gestern ist so gut wie kein Wort mehr gefallen, was aber auch daran liegt, dass ich Mason schon beim Frühstück klargemacht habe, dass ich von dem Thema nichts mehr hören will.

Die Fahrt geht los, und ich sehe mich genauer in der Limousine um. Die Scheiben sind getönt, sodass kaum Licht von außen zu uns hereindringt. Für schummrige Beleuchtung sorgen LED-Lichter an der Decke. Wenn man hochblickt, hat man das Gefühl, unzählige Sterne am dunklen Himmel zu sehen.

Vorne, vor der Trennscheibe zur Fahrerkabine, befindet sich eine kleine Bar. Dorthin geht Mason jetzt in gebeugter Haltung, nimmt eine Flasche Champagner aus einem Kübel, öffnet sie elegant und schenkt zwei Gläser voll, mit denen er zurückkommt. Er setzt sich neben mich, so dicht, dass mir sein Duft in die Nase steigt, eine aufregende Mischung aus Aftershave und einfach-nur-Mann, und reicht mir eines der Gläser.

„Lassen Sie uns anstoßen", sagt er.

Ich sehe ihn fragend an. „Anstoßen? Worauf?"

„Auf einen schönen gemeinsamen Abend im Club", erwidert er – und schenkt mir ein Lächeln, das sofort mein Herz höher schlagen lässt. Und was ist das da in meinem Bauch? Fühlt sich an wie … Schmetterlinge?

Unsinn, natürlich nicht! Erstens will ich von Mason sowieso nichts (denn wie gesagt, ich hab mal eine schlechte Erfahrung gemacht, und ich mache keinen Fehler zweimal!), und zweitens bin ich ja eigentlich immer noch sauer auf ihn. Wegen der unschönen Episode mit dem Kaffee.

Deshalb haben wir auch beim Frühstück kaum ein Wort miteinander gewechselt. Und ich muss zugeben, dass ich innerlich gekocht habe vor Wut, als ich zusehen musste, wie genussvoll er Mairis Kaffee trank. Der ist auch wirklich nicht schlecht, ganz im Gegenteil, aber nachdem er meinen Kaffee gestern beinahe ausgespuckt hätte und von Gift und weiß ich was alles sprach, also, da war das schon ein ziemlicher Schlag in die Magengrube, muss ich sagen.

Aber irgendwie … ich weiß auch nicht recht. In Masons Gegenwart gelingt es mir einfach nicht lange, sauer und distanziert zu sein. Und so beginnen wir auch schon nach wenigen Minuten Fahrt und den ersten Schlucken Champagner, uns angeregt zu unterhalten.

Nicht mal über irgendetwas besonders, einfach nur über dies und das, sozusagen über Gott und die Welt. Wir lachen viel, und irgendwann nach den ersten drei Stunden Fahrt (wir haben zwischendurch eine kurze Rast gemacht, weil ich mir unbedingt mal die Beine vertreten musste), fallen mir dann die Augen zu.

Sind Sie schon einmal in einer Stretch-Limousine aufgewacht? Ich tippe jetzt einfach mal auf Nein.

Also, für mich jedenfalls ist es jetzt eine Premiere. Und zuerst weiß ich gar nicht, wo ich mich befinde. Sehe die Sterne am Himmel und denke, huch, wie schön. Dann mache ich den Kopf gerade, blicke auf die Bar, und da fällt mir wieder ein, wo ich bin.

Genau in dem Moment, in dem ich auch merke, dass ich ganz nah an Mason gekuschelt auf der Lederbank der Limo sitze.

Sofort richte ich mich kerzengerade auf. Dabei fällt mein Blick aus dem getönten Fenster, und ich erblicke in einiger Entfernung die beleuchteten Umrisse von St. Pauls.

„Wir sind schon in London?“, frage ich erstaunt und sehe Mason an.

Er lacht auf. „Schon ist gut! Aber wenn man fast fünf Stunden geschlafen hat, kommt es einem sicher vor, als sei die Zeit wie im Flug vergangen.“

„Fünf Stunden?“ Ich schüttele den Kopf. „Wow!“

Wir fahren vorbei an Marble Arch und über die Park Lane bis Hyde Park Corner, und meine Aufregung steigert sich. Gleich werde ich ihn also kennenlernen, den mysteriösen *Millionaires Club,* um den sich so viele Geheimnisse und Gerüchte ranken. Erst jetzt wird mir richtig klar, wie viele Frauen mich wahrscheinlich darum beneiden würden.

Es vergehen noch einmal etwa zehn Minuten, dann hält James, der Fahrer, vor einem großen Gebäude.

„So, da wären wir“, verkündet Mason, und jetzt hämmert mein Herz geradezu.

Es ist also soweit …

„Und jetzt?“, frage ich unsicher.

Mason lacht. „Erst mal steigen wir aus. Dann gehe ich in den Club.“

„Sie? Wohl eher wir, oder nicht?“

„Erst mal nicht“, antwortet er und fügt erklärend hinzu: „Der *Millionaires NightClub* ist kein Club für Paare. Ich konnte durch meine Verbindungen zwar erreichen, dass Sie das Auswahlverfahren umgehen dürfen, aber es darf eben keine Frau den Club *gemeinsam* mit einem Mitglied betreten. Daher werde ich nun zuerst hineingehen, Sie warten hier einige Minuten und kommen dann nach. Ich warte an der

Bar, während Sie die Formalitäten erledigen."

„Formalitäten?"

„Sie müssen Ihren Ausweis vorzeigen und einen Vertrag unterschreiben. Sobald das erledigt ist, erhalten Sie Zutritt zum Club und können zu mir kommen."

„Wie … wie finde ich Sie denn?" Beim Gedanken, mich ohne Mason im Club fortzubewegen, wird mir ganz anders. Ich kenne mich da doch gar nicht aus, bin allein unter lauter Fremden!

„Es gibt verschiedene Bars. Sie gehen, nachdem Sie eingelassen wurden, einfach immer geradeaus. Da laufen Sie direkt auf die Bar zu, an der ich setze." Er blinzelt. „Sie dürfen mich dann ansprechen."

„Zu gütig!" Ich muss lachen, doch das Lachen bleibt mir sogleich im Hals stecken, als sich die Wagentür öffnet und Mason aussteigt.

„James wird Ihnen Bescheid geben, sobald Sie loskönnen", ruft er mir noch zu, dann schließt sich die Tür wieder, und ich bin allein.

Plötzlich komme ich mir vor wie in einer engen Kiste, obwohl es im Innern der Limousine eigentlich alles andere als eng ist. Und dann die Stille. Sicher, von draußen dringt der Verkehrslärm gedämpft an mein Ohr, aber irgendwie kommt der mir viel zu leise vor, und das, wo ich London ansonsten immer, obwohl ich hier zu Hause bin und es gar nicht anders kenne, als viel zu laut empfinde.

Unruhig beginne ich, an meinen Fingernägeln zu knibbeln. Dabei fällt mir auf, dass ich gar keinen Nagellack trage. Wie viele Frauen es im Club wohl geben wird, die keinen Nagellack tragen? Wahrscheinlich bin ich die Einzige, schießt es mir durch den Kopf.

Die Wagentür wird wieder geöffnet, und ich höre James sagen: „Bitte sehr, Miss Davis."

Ich schnappe mir meine Handtasche, und es geht frisch ans Werk. Beim Aussteigen bemühe ich mich, es dieses Mal etwas eleganter hinzubekommen als vorhin, als wir uns in der Pause die Beine vertreten haben. Klappt wieder nicht. Na ja, was soll's? Das alles ist eh nicht meine Welt, ich brauche mich da nicht dran gewöhnen, weil das hier ohnehin das einzige Mal ist, dass ich so was mache.

Die frische Luft, die mir entgegenschlägt, tut mir gut. Hinter mir höre ich den Verkehr, vor mir baut sich ein nobler, perfekt beleuchteter Wolkenkratzer auf. Ich lege den Kopf in den Nacken, blicke am Gebäude hoch, und bin beeindruckt. Das ist wirklich fantastisch, mir wird ganz schwindelig.

Aber bis nach oben muss ich ja sowieso nicht. Soweit ich von Mason bereits erfahren habe, befindet sich der Club in der unteren Etage, darüber gibt es exklusive Suiten für die Mitglieder des Clubs.

„Bitte sehr, Miss Davis", wiederholt James und deutet auf den Eingang des Gebäudes, über dem das beleuchtete Logo des Clubs prangt, „dort entlang. Mr. Cromwell freut sich, Sie gleich im exklusivsten Club Londons begrüßen zu dürfen."

Schön für ihn, denke ich und bin mir selbst nicht sicher, ob ich mich wirklich freuen soll. Vielleicht ist das Ganze doch keine gute Idee gewesen. Ich meine, ich passe hier doch überhaupt nicht rein!

Kurz blicke ich zurück zur Straße. Sehe Autos vorbeirauschen, Busse, Taxen. Ich könnte mir jetzt einfach ein Taxi schnappen oder in einen Bus steigen und Richtung Bloomsbury fahren. In nicht mal einer halben Stunde wäre ich zu Hause. In meiner kleinen, viel zu teuren und alles andere als luxuriösen Wohnung. Eine innere Stimme sagt mir, dass ich mich dort jetzt tausendmal wohler fühlen würde als hier.

Aber auch nur, weil das deine gewohnte Umgebung ist. Hier ist alles neu und ungewohnt für dich. Aber wie willst du im Leben endlich vorankommen, wenn du nichts Neues wagst?

Ich halte mir vor Augen, warum ich hier bin. Wegen dem Manuskript. Masons neuestes Werk. Das ich bekomme, sobald ich diesen Abend hinter mich gebracht habe.

Und das will ich. Ich will dieses Manuskript sehen und lesen. Und es dann – gemeinsam mit Mason – fertigstellen.

Ich will das für mich. Um wieder voranzukommen und nicht mehr nur die kleine Assistentin für Mr. Davenport zu sein. Ich bin mir ziemlich sicher, dass er mir wichtigere Aufgaben anvertraut, wenn ich diesen Job hier zu seiner Zufriedenheit erledige.

Aber ich will es nicht nur deshalb. Sondern auch einfach nur für Mr. Davenport. Ich weiß, wie wichtig das für ihn ist, und ich will es tun, um ihm zu helfen. Denn er hat mir auch geholfen, als ich Probleme hatte. Nach diesem verdammten Fehler, den ich damals begangen habe und der mich meine gutbezahlte Anstellung beim Verlag gekostet hat.

Also ist der Gedanke, nach Hause zu fahren, schnell vergessen. Ich werde das hier jetzt durchziehen, jawohl!

Ich werfe James ein freundliches Lächeln zu, dann straffe ich die Schultern und gehe auf den Eingang des Clubs zu. Ja, meine Beine sind ganz schön zittrig, das kann ich nicht leugnen, und als mich der Page, der vor dem Eingang steht, fragend ansieht, muss ich mich erst mal räuspern, um überhaupt einen Ton herauszubekommen.

Dann nenne ich meinen Namen, und er schaut in einem Tablet nach. Anschließend nickt er und hält mir die getönte Glastür auf.

„Bitte, Miss Davis. Und herzlich willkommen im *Millionaires NightClub*."

Ich bringe ein heiseres „Danke" hervor und trete ein. Sobald sich die Tür wieder hinter mir geschlossen hat, komme ich mir vor wie in einer anderen Welt. Vom Verkehrslärm draußen ist absolut gar nichts mehr zu hören, hier drin wirkt alles warm und behaglich. Gedämpfte Musik dringt aus nicht sichtbaren Lautsprechern, die Beleuchtung ist gedimmt, aber ausreichend. Die Wände sind in einem sanften Braunton gehalten, überall stehen Pflanzen.

Ehe ich mich weiter umsehen kann, kommt eine blonde Frau auf mich zu. Perfekt gekleidet und gestylt, aber mich einem wirklich freundlichen und keineswegs herablassenden Lächeln auf den Lippen.

„Hi und willkommen im *Millionaires NightClub*",

begrüßt sie mich. „Ich bin Kathy, bitte folgen Sie mir.“

Sie führt mich in den vorderen Bereich des Empfangsraums. Hier gibt es nicht etwa wie in Hotels oder anderen Clubs eine Rezeption, sondern mindestens zehn kleine Tische mit jeweils zwei Sesseln im Lounge-Stil.

Sie bedeutet mir, Platz zu nehmen. Ich komme der Aufforderung nach, und kurz darauf sitzen wir uns gegenüber. Ich gebe ihr ungefragt meinen Ausweis, weil Mason mir gesagt hat, dass das hier nötig ist, sie trägt etwas auf ein Blatt Papier ein, das sie mir dann reicht.

„Hier, bitte lesen Sie sich den Vertrag kurz durch und unterschreiben dann, ja?“

Ich nicke und überfliege die Zeilen. Wenn ich unterschreibe, verpflichte ich mich, für den Rest meines Lebens Stillschweigen über meinen Aufenthalt im Club zu bewahren. Das gilt einfach für alles hier; die Ausstattung des Clubs, meine Erlebnisse, Getränkepreise, andere weibliche Gäste und selbstverständlich auch für die Mitglieder des Clubs.

Das weiß ich ja alles schon von Mason. Schlucken muss ich dann aber doch, als ich nun lese, wie hoch die Strafe ist, die Frau zu zahlen hat, wenn sie gegen diese Regelung verstößt. Ich sag nur: sechs Nullen hintendran!

Tja, wenn ich mich also irgendwann einfach nur mal eben ruinieren will, schreibe ich einfach ein Buch über den Club. Wobei … bei meinem Glück wird das dann noch ein Megaseller, und das ganze Elend geht weiter.

Ich setze jetzt also einfach mal meine Unterschrift unter die Vereinbarung.

„Vielen Dank, Miss Davis. Jetzt bekommen Sie von mir ein Armband. Mit diesem Armband können Sie sich die ganze Nacht frei im Club bewegen. Damit sind Sie jederzeit mittels modernster Technik für uns identifizierbar. Bitte verlassen Sie den Club zu keinem Zeitpunkt, ohne das Armband vorher abzugeben. Dadurch würde ein Alarm ausgelöst, und das wäre … unschön."

Ich nicke nur. Was ein Aufwand für ein dämliches Plastikarmband, das man in jedem All-Inclusive-Hotel am Mittelmeer bekommt.

Als ich dann aber das Armband sehe, wird mir einiges klar. Denn es handelt sich keineswegs um ein Plastikarmband, sondern um Platin.

Ich bekomme das Armband angelegt, das zwar nicht gerade federleicht ist, aber gar nicht mal so sehr stört, wie man es auf den ersten Blick vermuten mag, dann erhebt Kathy sich. Sie deutet auf eine Milchglastür am vorderen Ende des Empfangsraums.

„Und jetzt einfach dort entlang, Miss Davis. Ich wünsche Ihnen eine unvergessliche Nacht in Londons exklusivstem und begehrtestem Club!"

Als ich kurz darauf vor der Milchglastür stehe, bin ich schon wieder drauf und dran, einen Rückzieher zu machen.

Doch ehe ich mir weiter den Kopf darüber zerbrechen kann, ob ich wirklich den Mut habe, die Tür jetzt zu öffnen, wird mir die Entscheidung abgenommen, indem sich die Tür von selbst öffnet – und den Blick auf das Herzstück des Clubs freigibt. Beziehungsweise, eigentlich auch wieder nicht. Denn zunächst einmal sehe ich außer Nebel – gar nichts.

Das ist natürlich nicht der Londoner Nebel, den es sonst draußen oft gibt und für den die Millionenstadt so bekannt ist. Sondern eine Wand aus Trockeneis. Durch die Schwaden dringt bläuliches Licht, ich höre Musik, gehe weiter, durch den Nebel hindurch, und schließlich präsentiert sich mir der *Millionaires NightClub* in all seiner exklusiven und verschwenderischen Pracht. Es ist einfach nur riesig hier. So ein großer Club dürfte wohl einmalig sein. Die Einrichtung ist, wie sollte es anders sein, edel. Auf Hochglanz poliertes Holz, wohin man blickt. Polster- und Ledergarnituren in gedeckten Farben, alles dezent angeleuchtet, sodass es eine perfekte Mischung aus nobler und gemütlicher Atmosphäre bildet.

Ich bin beeindruckt, keine Frage. Und noch immer schlägt mir vor lauter Aufregung das Herz bis zum Hals. Gleichzeitig würde ich mich am liebsten ganz klein machen, was vor allem an den anderen Frauen liegt, die an mir vorbeikommen oder die ich auf der Tanzfläche sehe. Ich habe das Gefühl, jede einzelne von ihnen starrt mich an. Herablassend. Mitleidig lächelnd. So als würden sie alle am liebsten sagen wollen: „Ach, Sie Arme … haben Sie sich verlaufen? Nun, *das* hier ist jedenfalls garantiert nicht das Richtige für Sie …"

Aber wahrscheinlich rede ich mir das bloß ein. Die Frauen hier sehen nämlich gar nicht danach aus, als würden sie sich für jemand anderen als sich selbst interessieren …

Ich gehe nun einfach geradeaus, so, wie Mason es mir gesagt hat. Rechts sehe ich einige Spieltische, an denen gutgekleidete Männer sitzen, Whisky trinken und ihre Spielkarten anstarren. Auf einer Tanzfläche bewegen sich Frauen und Männer im Takt zu langsamen Musikklängen. In einiger Entfernung vor mir sehe ich nun die Bar – und der Mann, der dort in seinem teuren Anzug lässig auf einem Barhocker sitzt, mit einem Drink in der Hand, sticht mir sofort ins Auge.

Mason …

Es ist merkwürdig, aber kaum, dass ich ihn sehe, fühle ich mich wohler. Inmitten all dem Ungewohnten hier und all den fremden Menschen ist er so etwas wie mein Fels in der Brandung. Obwohl nicht viel Zeit vergangen ist, seit er vorhin aus dem Wagen stieg, freue ich mich regelrecht, ihn zu sehen, und es fühlt sich so an, als wären wir ewig getrennt gewesen.

Er sieht mich und reagiert mit einem leichten Kopfnicken. Während ich auf ihn zugehe, macht sich eine andere Art nervöser Unruhe in mir breit als eben noch. Nicht mehr, weil ich mich fremd im Club und unwohl unter all diesen Leuten fühle, und es ist auch keine unangenehme Aufregung, die mich jetzt erfasst, nein: Ich habe Herzflattern. Und daran ist ganz allein Mason schuld.

Mach dich nicht lächerlich! Du verhältst dich ja wie ein bis über beide Ohren verknallter Teenager! Du willst nichts von Mason, vergiss das nicht!

Es stimmt. Ich will nichts von Mason. Alles, was ich will, ist, diesen Abend hinter mich zu bringen, um morgen endlich das Manuskript in Händen zu halten, das ich brauche, um auf Masons Anwesen meine Arbeit machen zu können.

Das – und nichts anderes!

VIER

Mason

„Wissen Sie, Mr. Cromwell … Mason … Wissen Sie, eigentlich kann ich sogar sehr gut verstehen, dass Sie keine von diesen Millionärsschnulzen schreiben wollen“, erklärt Bekka ausgelassen. „Nein, wirklich. Ja, ich geb's zu, Mr. Davenport möchte, dass ich Ihnen gut zurede, und das hatte ich auch vor, aber die Wahrheit ist, dass ich Millionärsschnulzen hasse. Und warum? Weil ich Millionäre hasse. Ja, genau so sieht's aus!“

Ich räuspere mich. „Nun, Bekka, das sollten Sie vielleicht in einer Umgebung wie dieser nicht allzu laut sagen …“

Sie nippt an ihrem Wodka Lemon – ihrem ersten, wohlgemerkt – und redet weiter. „Wissen Sie, meine Freundin Linda, die liebt diese Millionärsromane auch. Aber die liebt immer alles, was gerade in ist. Mal sind es irgendwelche historischen Schnulzen, mal Romane mit Bauern, mal mit Fußballern … jetzt liegen halt Millionärsgeschichten im Trend, und sie folgt diesem Trend willig.“

Ich nicke. „Ist wie mit den Eulen.“

„Eulen?“ Sie runzelt die Stirn und macht dann eine abwinkende Handbewegung. „Ach, kommen Sie mir nicht schon wieder damit, das ist doch gar nicht zu vergleichen. Besorgen Sie mir lieber noch einen Drink, ja?“

Ich kneife die Augen zusammen. Viele Drinks hatte Bekka noch nicht, vorhin auf der Fahrt ein Glas Champagner, jetzt einen Wodka Lemon. Aber irgendwie ist sie mir auch so schon aufgedreht genug, und wenn ich eines nicht will, dass ist es, sie nachher betrunken aus dem Club schleifen zu müssen.

„Nicht so hastig", sage ich deshalb.

„Sie denken, ich trinke zu viel, oder? Linda sagt das auch immer, wenn wir unterwegs sind. Wissen Sie, was ich darauf immer erwidere?"

„Sie werden es mir sicher gleich verraten."

„Kein Alkohol ist auch keine Lösung", sage ich dann immer. „Und wissen Sie, was Linda darauf neulich erwiderte?"

„Ich bin gespannt."

„Kein Millionär aber auch nicht. Verstehen Sie?"

„Ehrlich gesagt, nein."

„Na, weil sie nicht verstanden habe, dass ich kein Interesse habe, mir einen Millionär, wie Sie es sind, zu angeln, und … Ach, vergessen Sie es."

„Vielleicht doch lieber statt einen Drink einen Kaffee?", frage ich – und beiße mir auf die Zunge. *Dieses* Thema hätte ich wirklich nicht anschneiden sollen.

Kurz habe ich noch die Hoffnung, dass Bekka es gar nicht richtig mitbekommen hat, doch da verzieht sie auch schon die Miene, und mir wird klar, dass ich umsonst gehofft habe.

Zuerst schleicht sich ein Ausdruck von Wut auf ihr Gesicht, und ich mache mich schon auf eine kräftige Standpauke gefasst. Doch dann verziehen sich ihre Mundwinkel nach unten, ein Zucken geht durch ihr Gesicht, und sie senkt den Blick.

„Mein Kaffee ist scheußlich, stimmt's?"

Die Frage habe ich befürchtet. „Na ja, so würde ich es jetzt nicht ausdrücken, aber …"

„Ach, wie denn?", fragt sie nun wieder deutlich angriffslustiger. „Pures Gift? War das nicht in etwa das, was Sie sagten? Dass ich Sie vergiften wollte?"

„Ach, Bekka, nun tragen Sie mir das doch nicht nach. Sie hatten mich da auf dem falschen Fuß erwischt, und …" Ich zucke die Achseln. „Sie kennen mich doch, ich bin leicht mal etwas aufbrausend."

„Was soll's, Sie haben ja recht, mein Kaffee ist die letzte Brühe."

„Bekka, bitte …"

„Nein, nein, es stimmt wirklich. Ich habe nach der Sache mit Mr. Davenport gesprochen. Er hat es mir bestätigt. Und dann habe ich mit Linda telefoniert. Sie sagt es auch. Also, das war's dann wohl mit dem Traum vom eigenen Café …"

Diese Worte, Bekkas trauriger, resignierter Blick … sofort wird mir das Herz schwer. „Sagen Sie so etwas nicht, Bekka. Man sollte nie aufgeben."

„Ach nein?" Sie lacht bitter auf. „Was ist wohl das Wichtigste, das ein Café bieten muss, hm? Guten Kaffee, richtig! Ohne guten Kaffee ist die ganze Sache zwecklos. Und wie es aussieht, kann ich wohl keinen guten Kaffee kochen."

„Aber …" Ich stocke, als mir klar wird, dass ich meine Worte besser mit Bedacht wählen sollte, doch so ganz gelingt mir das nicht. „Kaffeekochen ist ja jetzt nicht so schwer, oder?“

Jetzt lacht sie lauter. „Tja, umso dümmer muss man sein, so schlechten Kaffee zu kochen wie ich, was? Ist es das, was Sie sagen wollten?“

„Nein, natürlich nicht. Ich …“ Ich sehe sie eindringlich an. „Woher kommt das überhaupt? Dieser Traum von einem eigenen Café?“

Ich merke, dass mich die Antwort wirklich interessiert. Es ist seltsam, wir sitzen hier im Club an der Bar, und während wir uns unterhalten, scheint alles um uns herum in den Hintergrund zu rücken: Die Musik, die ausgelassene Stimmung, die Gespräche und das Lachen der anderen Gäste … Ich weiß nicht, wie oft ich schon genau hier an diesem Platz gesessen habe. Und ich weiß auch nicht, mit wie vielen Frauen. Doch zum ersten Mal führe ich hier ein richtiges Gespräch mit einer Frau.

Zum ersten Mal interessiere ich mich für die Träume und Ziele einer Frau.

Zum ersten Mal seit …

Na, egal.

„Na ja, das hat mit meiner Uroma zu tun“, erklärt Bekka.

„Mit Ihrer Uroma?“, hake ich nach.

„Ja, sie hat auch immer Kaffee gekocht und mit Genuss getrunken. Kaffee war einfach ihre Leidenschaft, und sie hat immer davon geträumt, einmal ein eigenes Café zu eröffnen, sich diesen Traum aber nie erfüllen können. Ich glaube, ich habe das von ihr, diese Begeisterung für Kaffee und diesen Traum vom eigenen Café …“ Sie zuckt die Achseln. „Na ja, als

Kind wollte ich immer von ihrem tollen Kaffee probieren, sie sagte immer, sie habe da ein Spezialrezept, eine Geheimzutat. Aber ich durfte ja nie, weil Koffein und Kinder, ist ja nicht gut und so, Sie wissen schon. Auf jeden Fall hat sie mir irgendwann mal genau gezeigt, wie sie ihren Kaffee mit der Geheimzutat macht. Tja, kurze Zeit später ist sie gestorben." Sie senkt den Blick. „Meine Eltern kamen damals mit ihr ums Leben, bei einem Autounfall."

Ich erstarre, und eine Welle des Mitgefühls rollt über mich hinweg. „Bekka, das … das tut mir sehr leid für Sie, ich …"

„Ist schon okay." Sie winkt ab. „Ist lange her. Nun, wissen Sie, ich wuchs dann bei meiner Oma auf, und irgendwie habe ich es nie vergessen, das mit dem Kaffee meiner Uroma. Später habe ich dann angefangen, den Kaffee genau so zu machen, wie sie es tat." Sie stößt ein Seufzen aus. „Tja, was soll ich sagen? Mir hat er geschmeckt, ich hielt ihn für etwas ganz Besonderes. Und so habe ich mir auch immer weitere Kreationen mit dieser Geheimzutat überlegt. Meine Oma hat ihn auch immer probiert und fand ihn toll. Tja, nachdem ich jetzt von drei verschiedenen Personen gehört habe, wie schlecht mein Kaffee ist, muss ich sagen, dass meine Oma mir da wohl etwas vorgeflunkert hat. Und ich?" Sie schüttelt den Kopf. „Ich muss mir so sehr eingeredet haben, dass dieser Kaffee etwas ganz Außergewöhnliches ist, dass mir einfach nie auffiel, wie er in Wirklichkeit schmeckt."

Ich räuspere mich. „Was … was ist das denn für eine Geheimzutat, von der Sie da sprechen?", erkundige ich mich.

„Das spielt jetzt auch keine Rolle mehr.“ Sie steht abrupt auf und sieht mich herausfordernd an. „Kommen Sie, Mason, lassen Sie uns tanzen. Ich brauche jetzt ein bisschen Ablenkung.“

Auf der Tanzfläche ist Bekka wie verwandelt. Irgendwie lockerer also sonst, meine ich. Befreiter. Oder kommt das wirklich von dem bisschen Alkohol? Ich kann es mir kaum vorstellen.

Gespielt wird ein Midtempo-Song. Bekka bewegt sich gut zur Musik, sieht mich dabei immer wieder an, lacht, hat Spaß. Keine Frage, sie tanzt gerne.

In dem blitzenden Licht, das die Tanzfläche immer wieder grell beleuchtet, sieht sie noch verführerischer aus als ohnehin schon. Ich lasse sie keine Sekunde aus den Augen. Die anderen Tanzenden, die anderen Frauen, die mich mit Sicherheit mit ihren Blicken ausziehen (ich kenne es nun mal nicht anders) – all das ist für mich praktisch gar nicht vorhanden.

Ich habe nur Augen für Bekka.

Immer wieder kommt sie mir bedrohlich nahe. Berührt mich, blickt aus verführerischen Augen zu mir auf … Spielt sie mit mir?

Der Song endet, als Nächstes wird etwas Langsames gespielt. Als wir jetzt eng aneinander tanzen, ist es mit meiner Selbstbeherrschung endgültig vorbei. Ich beuge mich zu Bekka hinab, presse meine Lippen auf ihre – und sie erwidert den Kuss hungrig.

Mehr, ich will eindeutig mehr. Aber nicht hier.

Sondern …

Ich löse meine Lippen von ihrem Mund, lege sie an ihr rechtes Ohr und sage: „Komm mit …“

FÜNF

Bekka

Mason nimmt meine Hand und zieht mich von der Tanzfläche.

Ich stolpere ihm hinterher.

Ich bin aufgeregt. Mein Herz hämmert wie wild, meine Gedanken wirbeln durcheinander. Der Kuss eben – er war kurz gewesen, aber heiß und leidenschaftlich.

Ich will mehr davon.

Viel mehr.

Ich bekomme gar nicht richtig mit, in welche Richtung wir gehen. Ist das da hinten die Bar, an der wir vorhin gesessen haben? In dem riesigen Club habe ich längst die Orientierung verloren.

Wir kommen an der oder einer anderen Bar vorbei und einigen Nischen, die durch Perlenvorhänge teilweise verdeckt werden.

Dann betreten wir einen Raum, der mir den Atem raubt. Es handelt sich um einen schmalen Korridor, der komplett mit Spiegeln ausgekleidet ist.

Wenn man da drin steht, wird einem im ersten Moment ganz schummrig. Obwohl es hier sehr eng ist, wirkt es durch die Spiegel riesig, die Beleuchtung tut ihr Übriges dazu.

Am Kopf des Korridors gibt es einen schwarzen Vorhang. Auf den steuert Mason jetzt hinzu. Wir treten hindurch, und es wird schlagartig dunkel.

Stockdunkel.

Mein Herz hämmert jetzt zum Zerspringen. Du meine Güte, ich weiß, wo wir uns befinden, ich habe davon mal irgendwo gelesen, hatte aber keine Ahnung, ob das nur ein Gerücht oder wie Wahrheit war.

Es war kein Gerücht. Das hier ist der berüchtigte Darkroom des Clubs. Ein kleiner dunkler Raum, in den die Clubbesucher gehen, um … Sex zu haben.

Ich halte den Atem an und verharre. Ich weiß nicht, wohin ich mich wenden soll. Was ist vor mir, was ist neben mir? Ich weiß es nicht. Mason, der noch immer meine Hand hält, zieht mich weiter. Ich folge ihm, ohne zu zögern. Es ist seltsam, aber wieder einmal wird mir klar, dass er hier in diesem Club so etwas wie mein Fels in der Brandung ist. Ich vertraue ihm.

Wir wenden uns nach rechts – glaube ich. Ich habe inzwischen völlig die Orientierung verloren. Ich stoße gegen etwas – gegen jemanden? –, wir gehen weiter, und dann merke ich, dass da eine Wand vor mir ist. Ich ertaste sie mit der freien linken Hand. Mason lässt meine rechte Hand nun los, beinahe im selben Moment spüre ich, wie er mich mit beiden Händen umfasst, zu sich dreht.

Und dann sind da seine Lippen auf meinen, nicht zart oder vorsichtig, sondern direkt hart und leidenschaftlich. Mason küsst mich, als ob es kein Morgen gäbe, und ich erwidere seine Küsse hungrig, klammere mich dabei an ihn, berühre ihn am Rücken, an den Seiten, kralle meine Hände in sein Haar und schließe dabei die Augen, was völlig unsinnig ist, schließlich ist hier eh nichts zu sehen.

Auch Mason berührt mich. Ich spürte seine Hände an meinen Seiten, an meinem Hintern, dann auch an meinen Brüsten. Plötzlich höre ich lautes Stöhnen von der Seite her, und erst jetzt wird mir so richtig bewusst, dass wir hier nicht allein sind.

Es steigert meine Erregung nur noch mehr.

Wie von selbst erkunde auch ich nun seinen Körper. Ungeduldig zerre ich an seinem Hemd, bis ich es aus dem Bund seiner Hose bekommen habe. Dann fahre ich mit den Händen darunter und atme scharf ein, als ich seinen flachen, muskulösen Bauch berühre.

Ein Seufzen entringt sich meiner Kehle. Es fühlt sich herrlich an. Seine Haut ist glatt und heiß, und ich verspüre plötzlich den heftigen Wunsch, ihn zu schmecken; ihn so zum Stöhnen zu bringen, wie der unbekannte Mann neben uns gerade stöhnt.

Oder vielmehr – Männer, denn plötzlich höre ich es überall um uns herum.

Und es ist unglaublich aufregend. Es ist berauschend und bringt mein Blut in Wallung. Mein Herz hämmert wie verrückt, und obwohl ich normalerweise eher schüchtern bin, fühle ich mich in diesem Moment, als könnte alles passieren.

Und so halte ich mich nicht zurück und stöhne nun ebenfalls laut auf, als seine Lippen meinen Hals hinunterwandern. Ich dränge mich an Mason und kann deutlich an meinem Oberschenkel fühlen, dass die Atmosphäre auch an ihm nicht spurlos vorübergeht.

Sein Schwanz ist jedenfalls steinhart, und ich schlucke, als ich mir vorstelle, ihn in mir zu spüren. Doch jeder klare Gedanke fliegt zum Fenster hinaus, als Mason den Träger meines Kleids über die Schulter rutschen lässt. Der schwere Seidenstoff flattert beinahe sofort hinunter, bis er auf meinen Hüften liegenbleibt. Im nächsten Moment schließt sich etwas heiß und feucht um einen meiner Nippel.

Ich stöhne nicht nur, ich schreie auf. Die Lust, die durch meinen ganzen Körper zuckt, ist unbeschreiblich. Meine Knie werden weich, und ich muss mich an Mason festklammern, um nicht hilflos wie ein junges Rehkitz zu Boden zu sinken.

Meine Fingernägel graben sich in seine Haut, und ich bin beinahe sicher, dass ich Spuren auf ihm hinterlasse. Doch nichts könnte mir in im Augenblick gleichgültiger sein. Wenn ich ehrlich bin, wünsche ich mir, dass auch er Spuren auf mir hinterlässt.

„Ich will dich“, raunt mir Mason zu, und – großer Gott! – ich will ihn ebenfalls. Doch als ich das unverwechselbare Geräusch eines Kondombriefchens höre, das gerade aufgerissen wird, bremse ich ihn aus.

Ich lege ihm die Hände flach auf die Brust und schiebe ihn von mir weg.

Nach einem kurzen Moment beuge ich mich wieder vor. „Glaubst du wirklich, du kannst mich einfach so flachlegen wie die ganzen anderen Frauen, die du hier vernaschst?“, säusle ich ihm ins Ohr.

Mit diesen Worten lasse ich ihn stehen und taste mich durch den Darkroom zum Ausgang. Nicht so einfach, aber schließlich ist es geschafft. Dann noch durch den Spiegelkorridor und zur nächstbesten Bar.

An der Theke atme ich auf.

Da ist Mason auch schon bei mir.

„Was bitte war das denn?“, fährt er mich an.

Ich bleibe gelassen. „Das hast du doch gehört.“

„Schon. Aber ich verstehe es nicht. Du willst mich doch.“

Da bleibt mir doch glatt die Spucke weg. „Na, du bist aber wirklich sehr von dir überzeugt, was?“

„Zu Recht.“

„Wenn du meinst …“ Ich will den Blick abwenden, doch da ist Mason plötzlich wieder ganz nah, sieht mich an, presst mir die Lippen auf den Mund.

Schon ist es wieder um mich geschehen. Gott, wenn mich dieser Kerl doch bloß nicht so scharfmachen würde!

Ich erwidere seinen Kuss voller Leidenschaft. Unsere Zungen spielen miteinander, und ich kann es nicht länger leugnen,

„Ja, ich will dich“, gestehe ich.

„Ich habe oben eine Suite.“

Ich schüttele den Kopf. „Ist nichts anderen als der Darkroom. Dahin nimmst du doch auch jede mit.“

„Also gut, dann gehen wir zu dir.“

Ich starre ihn an. „Zu mir? In mein … Apartment?“

In mein winziges, nicht aufgeräumtes Apartment?

„Wenn du in einem Apartment wohnst, dann ja. In dein Apartment.“

Mein Apartment befindet sich im Stadtteil Bloomsbury, die Straße heißt Bedford Place. Ich habe keine Ahnung, ob vor dem Haus, in dem sich mein Apartment befindet, jemals eine Stretch-Limousine vorgefahren ist.

Falls nicht, ist es jetzt halt das erste Mal. Interessiert aber eh bestimmt niemanden.

Zum Glück habe ich meinen Schlüssel in die neu erworbene Handtasche gepackt. Ich schließe auf, zögere dann aber noch. Du meine Güte, was wird Mason denken, wenn er meine Chaos-Bude sieht?

Sei's drum. Ich drücke die Tür auf, trete über die Schwelle, mache Licht. Mason ist dicht hinter mir, macht die Tür hinter sich zu und sieht sich um. Ich folge seinem Blicken, sehe das, was er sieht: Ein kleines Zwei-Zimmer-Apartment, der Flur gerade lang und breit genug, dass man sich darin umdrehen kann, ohne irgendwo gegenzustoßen. Zum Glück schaute Mason nicht ins Bad, denn da würde ihn vermutlich der Schlag treffen. Schlimm genug, dass mein Wohnzimmer vermutlich etwa die Größe seiner Besenkammer besitzt, zumindest in seinen Augen. Meine heißgeliebte, weinrote Samtcouch hat zwar mal eine gehörige Stange Geld gekostet, sieht für ihn aber sicher ziemlich verlebt aus. Dasselbe gilt für den Orientteppich aus dem Second-Hand-Laden, den Blumenvorhängen vor den Fenstern und den Kunstdrucken von Matisse an den Wänden.

Ich weiß, dass er das hier wohl als Bruchbude bezeichnen würde, und deshalb lache ich auch heiser auf, als er sagt:

„Nett hast du es hier."

Ich sehe ihn an. „Ist klar …"

„Nein, wirklich. Es ist klein, gemütlich und nett eingerichtet. Etwas unordentlich, ja – aber was glaubst du, wie es bei mir aussähe, wenn meine Angestellten in Streik treten würden?"

Da muss ich lachen – und dann reißt er mich an sich und presst mir seinen Mund auf die Lippen.

Sein Kuss ist heiß und leidenschaftlich und lässt mich alles andere im Nu vergessen. Mir schwinden beinahe die Sinne. Kurz meldet sich die Stimme der Vernunft in mir. Hatte ich mir nicht fest vorgenommen, Job und Privates strikt zu trennen? Ist das nicht schon wieder ein Fehler, den ich hier begehe? Ein großer Fehler?

Aber wie schon gesagt – Masons Kuss lässt mich alles vergessen.

Auch die Zweifel.

Heiß pulsiert das Blut durch meine Adern. Ich umfasse Masons Schultern und klammerte mich an ihn. Und jetzt bekomme ich auch keine Gelegenheit mehr, noch einmal über alles nachzudenken. Und irgendwie will ich das auch gar nicht mehr: nachdenken. Nein, ich will nicht mehr denken, will auch nicht mehr vernünftig sein, ich will einfach nur das machen, weshalb wir hergekommen sind.

„Du machst mich verrückt, weißt du das?", raunt Mason heiser, während er mich hinüber zum Bett schiebt. Ich lasse mich rücklings auf die Matratze sinken, Mason ist über mir, küsst mich weiter, befreit mich in Windeseile von meinen Klamotten. Ein Blick in seine Augen zeigt mir, dass er genauso hungrig auf mich ist wie ich auf ihn. Aber kann das sein? Er, der doch jede Frau haben kann, will … mich? Ausgerechnet?

Ich atme scharf ein und beuge mich ihm entgegen, als er abwechselnd meine harten Nippel küsst. Das Blut rauscht mir in den Ohren, bald weiß ich gar nicht mehr, wo ich überhaupt bin und wie es zu all dem gekommen ist. Himmel, was stellt dieser Typ bloß mit mir an?

Kurz hält er inne, um sein Hemd auszuziehen. Ich starre ihn voller Bewunderung an. Sein Körper ist perfekt. Die breiten Schultern, die muskulöse Brust, die schmalen Hüften …

Stöhnend klammere ich mich an ihn, als er wieder bei mir ist, meinen Hals küsst, mich streichelt …

Ich fühle mich langsam wie in Trance. Vor allem machen mich seine Blicke scharf. Seine bewundernden Blicke. Begehrt dieser umwerfende Mann mich wirklich?

Endlich zieht er seine Hose aus. Ich hebe mich ihm entgegen, bebe vor Leidenschaft. Mein Herz rast, Hitzewellen durchfluten mich, als er meine Beine auseinanderschiebt, sich vor dem Bett hinkniet und anfängt, mich zu lecken. Gott, seine flinke Zunge raubt mir den Atem, ich glaube schon, gleich zu kommen.

Da lässt er von mir ab.

Aber nur, um sich in Windeseile ein Kondom überzuziehen und dann mit einem einzigen kraftvollen Stoß in mich einzudringen.

Was ist das? Schreit da jemand? Ach, das bin dann wohl ich. Ja, ich schreie und stöhne, klammere mich an ihn, dränge mich ihm entgegen, als er sich immer schneller in mir bewegt. Ich folge seinem Rhythmus und überlasse ihm die Initiative.

Schließlich jagt eine Welle der Ekstase durch meinen Körper, und als Mason und ich gemeinsam den Höhepunkt erreichen, denke ich nur daran, dass ich diese Nacht nie vergessen werde.

SECHS

Bekka

„Das Manuskript liegt ausgedruckt auf dem Schreibtisch in meinem Arbeitszimmer“, sagt Mason, als wir sein Anwesen erreichen und aus der Limousine steigen. „Wir sehen uns dann später.“

„Kommst du … kommst du denn nicht mit?“, frage ich.

Er schüttelt den Kopf. „Ich habe noch etwas im Ort zu erledigen und möchte mir auch die Beine ein bisschen vertreten.“

Ich nicke. Sicher ist das nur ein Vorwand. Ich habe schon die ganze Zeit gemerkt, dass Mason sich nach dem, was in meiner Wohnung passiert ist, in meiner Nähe unbehaglich fühlt. Die Rückfahrt war wirklich alles andere als angenehm. Voller Schweigen, die Stimmung gedrückt. Irgendwann habe ich dann erst so getan, als würde ich schlafen, in Wahrheit aber immer wieder über das Geschehene nachgedacht. Schließlich bin ich dann aber tatsächlich eingenickt.

Dass Mason jetzt aber nicht schnell genug von mir wegkommen kann, zeigt mir deutlich, dass er es bereut, mit mir Sex gehabt zu haben. Oder bilde ich mir das nur ein? Interpretiere ich das irgendwie falsch? Immerhin hat er ständig irgendwelche One-Night-Stands, und sicher macht er sich da auch keinen Kopf hinterher. Warum sollte das bei mir anders sein?

Und ich? Wie fühle ich mich? Bereue ich, was geschehen ist?

Die Antwort muss ich nicht erst suchen: Ja, ich bereue es, und zwar sehr! Nicht, dass es nicht schön war, im Gegenteil sogar. Es war wunderschön. Nie zuvor habe ich mich so begehrt gefühlt.

Und doch war es ein Fehler. Und zwar genau so ein Fehler, wie ich ihn nie mehr hatte begehen wollen.

Die Kehle wird mir trocken, als die Geister der Vergangenheit wieder an meine Tür klopfen. Doch ich will sie nicht hereinlassen. Nicht jetzt.

Mairin erwartet mich schon, als ich zur Tür von Masons Anwesen gehe.

„Na, wie war Ihr Kurztrip nach London?“, fragt die ältere Frau fröhlich lachend.

Mir steigt die Schamesröte ins Gesicht, als ich an das denke, was dort vorgefallen ist. „Es war … nett“, antworte ich rasch. „Aber jetzt bin ich ganz schön erledigt.“

Mairin lächelt verständnisvoll. „Die lange Fahrt, natürlich. Falls Sie Hunger haben, ich habe eine Kleinigkeit zu essen vorbereitet.“

„Im Moment nicht, Mairin, vielen Dank. Ich muss erst ein bisschen arbeiten. Mason wollte noch mal in den Ort, er hat dort etwas zu erledigen.“

„Wenn Sie etwas benötigen, melden Sie sich einfach, ja?“

„Danke, Mairin.“ Ich nicke der freundlichen älteren Frau noch einmal zu, dann gehe ich auf direktem Weg zu Masons Arbeitszimmer.

Unterwegs wundere ich mich darüber, wie gut ich

mich trotz der kurzen Zeit, die seit meiner Ankunft vergangen ist, schon in dem riesigen Anwesen auskenne. Als ich dann schließlich vor der Tür zu Masons Arbeitszimmer stehe, zögere ich kurz. Was mich drinnen wohl erwartet?

Lass es mehr als eine Seite sein, sende ich ein Stoßgebet zum Himmel. Und möglichst auch mehr als zehn Seiten …

Noch einmal atme ich tief durch, dann öffne ich die Tür und trete ein.

Sofort fällt mein Blick auf Masons wuchtigen Schreibtisch. Darauf liegt ein ganzer Stapel Papiere, ansonsten nichts. Ich runzele die Stirn. Was soll das sein? Masons Manuskript wohl kaum, dafür ist der Stapel vier zu …

Doch als ich nähertrete, bemerke ich, dass es sich wohl doch um das Manuskript zu handeln scheint. Denn oben, auf dem ersten Blatt, steht:

Über den Tod hinaus – von Mason Cromwell.

Aber das ist … Wieder runzele ich die Stirn, als mir klar wird, dass hier irgendetwas nicht stimmen kann. Ganz einfach deshalb, weil der Stapel mit den Blättern viel zu groß ist. Es müssen mindestens zweitausend Blatt sein – oder sogar mehr?

Oh nein! Ich halte den Atem an, nehme das erste Blatt zur Hand, dann das nächste und das nächste. Immer schneller und hektischer wühle ich mich durch die eng beschrieben Seiten. Ich kann es einfach nicht fassen. Das darf doch nicht wahr sein!

Doch es ist wahr. Das, was hier vor mir liegt, ist tatsächlich Masons neuestes Manuskript. Und eins ist sicher: Mason hat niemals unter einer Schreibblockade gelitten – das Gegenteil ist der Fall! Wie es aussieht, scheint er mit dem Schreiben einfach nicht mehr aufhören zu können …

Entsetzt lasse ich mich auf seinen Schreibtischstuhl sinken. Was für eine Katastrophe!

Es ist spät am Abend. Ich sitze in meinem Eulenschlafanzug auf dem Bett in meinem Zimmer und lege die Seite, die ich gerade gelesen habe, auf den Stapel gelesener Seiten, der inzwischen ganz schön angewachsen ist.

Ich habe schon in Masons Büro mit dem Lesen begonnen, gleich nachdem ich das Manuskript zum ersten Mal sah. Nach einer Weile habe ich alles mit in mein Zimmer genommen, und seitdem mache ich nichts anderes als lesen, lesen, lesen.

Das ist mein Job. Beziehungsweise, das *war* viele Jahre mein Job als Lektorin. Manchmal macht es Freude, manchmal nicht so sehr, manchmal ist es eine Qual.

In diesem Fall … Nun, zunächst war ich wirklich überrascht. Nachdem der erste Schock über den puren Umfang des Manuskripts überwunden war, ging ich nämlich davon aus, dass die Lektüre dieses Romans vor allem eins sein würde: gähnend langweilig.

Schnell aber stellte sich das anfangs als Irrtum heraus. Die ersten dreihundert Seiten waren so fesselnd geschrieben, dass ich einfach nicht aufhören konnte zu lesen. Das liegt vor allem an den beiden Hauptfiguren, dem Liebespaar Josh und Amanda. Die beiden sind so wundervoll charakterisiert, dass man jeden Moment, den sie erleben, wirklich miterlebt.

Doch da zeichnete sich schon das erste Problem ab, denn man erlebt wirklich *jeden* Moment aus dem Leben der beiden mit. Alles ist viel zu detailliert, voller Nebensächlichkeiten, und das steigert sich dann nach diesen ersten dreihundert Seiten ins Unermessliche.

Seither quäle ich mich durch den Roman, der einfach keine Entwicklung, keinen Spannungsbogen erkennen lässt. Was als wunderschöner, ergreifender Liebesroman begann, wird immer mehr zu einer Aneinanderreihung unwichtiger Einzelheiten, die für den Fortgang der Geschichte absolut nicht von Belang sind.

Mason habe ich seit unserer Ankunft nicht mehr gesehen. Wahrscheinlich hat er sich in seinem Arbeitszimmer verbarrikadiert und bereut das Geschehene. Wobei, warum sollte er? Ein One-Night-Stand mehr oder weniger … warum sollte ihn das stören?

Und ich? Ich lasse keinen Gedanken an London mehr zu. Ich möchte einfach im Moment nicht darüber nachdenken, möchte nicht bereuen oder über die Zukunft grübeln. Sondern einfach nur meine Arbeit machen.

Inzwischen lese ich also nur noch quer, überfliege die Seiten, in der Hoffnung, dass sich noch etwas ändert, dass eine Besserung eintritt.

Doch bisher ist davon nichts zu erkennen.

Als ich am nächsten Morgen in meinem Bett aufwache, liegen die Manuskriptseiten noch neben mir auf den Laken verteilt. Irgendwann in der Nacht muss ich beim Lesen eingeschlafen sein.

Nun dringt herrlicher Sonnenschein durch die nicht ganz zugezogenen Vorhänge zu mir ins Zimmer, blendet meine Augen, kitzelt meine Nase.

Ich richte mich in meinem Bett auf und werfe einen Blick auf den Manuskriptstapel, den ich noch vor mir habe. Ist noch eine ganze Menge. Doch im Moment fühle ich mich nicht in der Lage, weiterzulesen. Ich bin noch immer völlig geschafft vom gestrigen anstrengenden Tag, außerdem erinnert mich das Knurren meines Magens daran, dass ich gestern vor lauter Arbeit gar nichts Richtiges mehr gegessen habe.

Rasch stehe ich auf, nehme eine kurze Dusche und ziehe mir anschließend Jeans, ein bequemes Oberteil und Schuhe an. Dabei muss ich daran denken, dass ich noch vor kurzem völlig anders gekleidet war. Schick, Elegant ... Und ich muss daran denken, wie ich mich zuerst völlig fremd in dieser Kleidung fühlte. Aber Masons anerkennende Blicke waren eine Wohltat für mein Ego.

Ich verlasse mein Zimmer, und als ich kurz darauf die Küche betrete, ist dort schon alles vorbereitet: Ein gedeckter Tisch mit frischen Backwaren und einer großen Auswahl an Aufschnitt, so, wie ich es von Mairin schon kenne.

„Ich habe mich schon gefragt, wann der Hunger Sie zu mir treibt“, begrüßt die nette ältere Dame mich. „Kommen Sie, meine Liebe. Setzen Sie sich und langen

Sie tüchtig zu!"

Das lasse ich mir dann auch nicht zweimal sagen. Und nach den ersten Bissen von meinem Croissant fühle ich mich dann auch schon wieder wohler.

Mairin setzt sich nach einer Weile zu mir an den Tisch und trinkt eine Tasse Tee. „Nun, wie war Ihr Kurztrip nach London?", erkundigt sie sich, und ich senke den Blick.

Das ist ein Thema, über das ich jetzt lieber nicht sprechen möchte. Dass Mason und ich uns so … nahgekommen sind – das ist etwas, das ich im Augenblick lieber vergessen möchte.

Nahgekommen? Ihr hattet Sex. Das ist wohl noch ein bisschen näher als nahgekommen, nicht wahr?

„Sie mögen Mason, nicht wahr?", fragt Mairin da, und angesichts ihrer Direktheit verschlucke ich mich beinahe.

„Ich … Wie bitte?"

Die ältere Dame lächelt. „Nun, ich möchte mich keineswegs in Ihre Angelegenheiten einmischen, aber um ehrlich zu sein …"

„Ja?"

„Ach, Kindchen, man sieht es Ihnen einfach an. Und das nicht erst seit eben. Praktisch von Anfang an habe ich gemerkt, dass Sie Mason … dass Sie etwas für ihn empfinden." Jetzt strahlt sie regelrecht. „Und ich meine, es wäre ja auch nichts dabei. Ich jedenfalls würde mich freuen für Mason. Nach all den Schicksalsschlägen und …"

„Moment, Moment", stoppe ich sie schnell. Es behagt mir gar nicht, dass sie sich so viele Hoffnungen macht, die sich nie erfüllen werden. „Mairin, ich glaube, Sie interpretieren da ein bisschen zu viel hinein …"

Doch sie bleibt unbeeindruckt. „Ach, wissen Sie, auf meine Menschenkenntnis konnte ich mich schon immer sehr gut verlassen. Ich merke schnell, wenn das Herz einer Frau für einen Mann schlägt."

„Unsinn. Und selbst wenn … da könnte sowieso nichts draus werden. Mason und ich … das ist einfach undenkbar."

„Aber warum denn nur? Wie kommen Sie darauf?" Sie seufzt schwer. „Ja, ich weiß, Mason ist oft … nicht ganz einfach. Seine Launen und Stimmungsschwankungen sind nicht für jedermann leicht zu ertragen, und …"

„Ach, das ist es doch alles gar nicht", platzt es plötzlich aus mir heraus. „Mason ist toll, er ist …" Ich lache. „Ja, er ist oft ziemlich komisch, aber ich weiß auch nicht … Selbst seine schlechte Laune ist irgendwie … süß. Aber …" Ich senke den Blick. „Ach, wir leben einfach in zwei verschiedenen Welten, ich passe nicht in seine, und er nicht in meine."

„Weil er reich ist?" Nun lacht Mairin. „Glauben Sie mir, das war nicht immer so."

„Ich weiß, aber jetzt ist es so, und außerdem …"

„Außerdem was?" Sie greift über den Tisch hinweg nach meiner Hand und sieht mich eindringlich an. „Sie scheinen vor irgendetwas Angst zu haben. Etwa vor … Mason?" Sie schüttelt den Kopf. „Glauben Sie mir, auch wenn er manchmal aufbrausend ist, er …"

„Nein, nein, darum geht es doch gar nicht“, sage ich schnell. „Ich habe keine Angst vor Mason. Eher vor mir selbst. Ich …“ Ich stocke. Versuche, die Geister der Vergangenheit, die über mich hereinfallen, zurückzudrängen, doch dieses Mal ist es ein sinnloses Unterfangen.

Plötzlich ist alles wieder da.

Mairin merkt das. „Manchmal tut es gut, über das, was einen bedrückt, zu sprechen, wissen Sie? Und wissen Sie auch, was man über mich sagt?“

„Lassen Sie mich raten“, sage ich mit einem gequälten Lächeln. „Dass Sie eine gute Zuhörerin sind?“

Sie lächelt. „Damit könnten Sie durchaus richtig liegen …“

Ich weiß nicht, wie es kommt, aber in diesem Moment wird mir klar, dass ich genau das jetzt brauche: jemanden, mit dem ich über alles sprechen kann. Vielleicht hätte ich es schon viel früher einmal tun sollen. Und ja, es ist mir auch ein bisschen unangenehm, jetzt mit Mairin darüber zu sprechen, statt es daheim in London mit Linda zu tun. Aber ich will nicht warten, bis ich zu Hause bin. Es muss raus. Hier und jetzt. Und auch wenn ich Mairin kaum kenne, aus irgendeinem Grund vertraue ich ihr.

„Also gut“, beginne ich und atme noch einmal tief durch. „Ich habe bis vor einiger Zeit bei einem großen Verlag in London gearbeitet. Als Lektorin. Ich war da keine große Nummer, habe mich langsam hochgearbeitet, und dann wollte mein Boss, dass ich zu einem bekannten und sehr erfolgreichen Millionär fahre. Auf sein Anwesen sollte ich ihm bei der Fertigstellung seines neuesten Manuskripts helfen. Ihm mit Rat und Tat zur Seite stehen, weil er irgendwelche Schwierigkeiten hatte."

„Also so, wie jetzt bei Mason", stellt Mairin fest.

Ich nicke. „Genau. Nun, George war ganz anders als Mason, das mal vorweg, aber er hatte Charme und wollte halt etwas von mir, und es gelang ihm, mich um den Finger zu wickeln. Wir arbeiteten zusammen, kamen uns näher … Tja, und ich? Ich glaubte, verliebt in ihn zu sein. Habe schon Pläne geschmiedet. Doch dann blieb meine Periode aus, und es sah alles so aus, als wäre ich schwanger. Klar, ich hätte erst einen Test machen oder zum Arzt gehen sollen. Aber ich war mir einfach sicher, deshalb ging ich damit gleich zu George. Tja, und der reagierte vollkommen anders, als ich es von ihm erwartet hatte. Er machte mir eindeutig klar, dass ich von ihm nichts zu erwarten hätte. Außerdem erfuhr ich, dass er bereits verlobt war, und zwar nicht erst seit gestern. Und um sicherzustellen, dass ich ihm nicht am Ende doch noch Schwierigkeiten machte, ging er zu meinem Chef und sorgte dafür, dass ich gefeuert wurde. Ich kann Ihnen sagen, ich war froh, als sich am Ende herausstellte, dass ich doch nicht schwanger war …"

Als ich geendet habe, fühle ich mich ganz komisch. Von einer Last befreit. Auch ein bisschen beschämt. Aber vor allem frei.

Ja, es war befreiend, sich alles einmal von der Seele zu reden. Erwartungsvoll blicke ich Mairin nun an. Was wird sie zu all dem sagen?

In ihrem Blick ist jedenfalls keinerlei Vorwurf zu erkennen, als sie sagt: „Sie denken also, Sie haben damals einen Fehler gemacht und sind nun partout darauf bedacht, diesen nicht zu wiederholen, richtig?"

Ich nicke. „Verständlich, oder?"

„Nun, einerseits natürlich schon. Andererseits auch wieder nicht. Denn wenn Sie mich fragen, haben Sie überhaupt keinen Fehler begangen." Sie lächelt. „Ach, Kindchen, was haben Sie denn schon getan? Sie haben sich von einem Mann blenden lassen, der es nicht gut mit Ihnen meinte. Der nicht gut für Sie war. Das ist Millionen Frauen vor Ihnen auch schon passiert, und es wird auch in Zukunft Frauen passieren. Jeden Tag, überall auf der Welt. Und ich meine es genau, wie ich sage: Es *passiert* ihnen. Sie sind nicht die Schuldigen, sondern die Männer, die sie blenden, ausnutzen und am Ende fallen lassen."

Ich lachte bitter auf. „Spielt es denn wirklich eine Rolle, wer schuldig ist? Ich habe durch diese Sache meinen gutbezahlten Job verloren, meine Karriere hat einen Knick bekommen, der sich wahrscheinlich nie wieder komplett geradebiegen lässt."

„Das mag sein. Und ich kann auch nachvollziehen, dass Sie so etwas nie wieder erleben wollen. Aber erstens glaube ich nicht, dass die Gefahr überhaupt bestünde. Wie sagt man so schön? Der Blitz schlägt kaum zweimal an derselben Stelle ein. Und zweitens müssten Sie dazu erst einmal an einen Mann geraten, der genauso ein mieser Schuft ist wie dieser George." Sie hält kurz inne, sieht mich ernst an. „Und glauben Sie mir, so ein Mann ist Mason nicht. Das

Leben, das er im Moment führt, seit seinem Erfolg, das … ist eine Schutzmauer, wissen Sie? Und seine Art der Verdrängung."

Schutzmauer? Verdrängung? „Moment mal", sage ich, „was meinten Sie eigentlich vorhin damit? Als Sie von Schicksalsschlägen sprachen."

Mairin sieht eine ganze Weile lang schweigend an. Sie scheint zu zögern, unsicher zu sein. Doch schließlich nickt sie langsam und steht auf.

„Kommen Sie, Kindchen. Mason wird mir zwar den Kopf abreißen, wenn er davon erfährt, aber … Ich kann einfach nicht mit ansehen, dass er immer so weitermacht."

Ich stehe ebenfalls auf und folge Mairin. Wir verlassen die Küche, gehen durch mehrere Flure. Schließlich betreten wir einen großen Wohnraum, der – im krassen Gegensatz zu Masons Arbeitszimmer – gemütlich, heimelig wirkt. Ein großes Sofa, eine Schrankwand, ein Fernseher …

„Das ist Masons Wohnzimmer?", frage ich.

Mairin geht zu dem großen wuchtigen Schrank hinüber. „Er hält sich hier drin eigentlich gar nicht mehr auf. Nicht seit der Sache damals …" Sie öffnet eine der breiten Schubladen, ich erhasche einen Blick auf den Inhalt – der ausschließlich aus kleinen gerahmten Bildern besteht.

Sie nimmt einen der Rahmen hinaus, streicht mit den Fingerspitzen über das Glas, das das Bild bedeckt, und reicht es mir.

Ich nehme es vorsichtig entgegen. Ich sehe eine junge, bildhübsche Frau. Dunkles, gelocktes Haar, braune Augen, ein strahlendes, natürliches Lächeln …

„Wer ist das?", frage ich. Im Moment habe ich noch keine Ahnung, worauf das alles hinausläuft.

„Das ist Enya", antwortet Mairin leise und sieht mich dabei an. „Masons erste und bisher einzige große Liebe. Sie starb vor vielen Jahren."

Das ist ein Schock. Angestrengt schlucke ich mehrmals, doch der Kloß, der sich in meiner Kehle gebildet hat, geht nicht weg. „Ich … ich hatte keine Ahnung", sage ich heiser. Ich kneife die Augen zusammen. „Was ist passiert?"

„Ein Autounfall", erklärt Mairin. Ihre Augen nehmen einen traurigen Ausdruck an. „Sie müssen wissen, dass Masons Mutter zu der Zeit schon seit längerem schwer krank war. Unheilbar krank. Sie wollte nicht im Krankenhaus, sondern zu Hause sterben. Enya, die Krankenschwester war, kümmerte sich um sie. Mason und sie waren damals schon einige Jahre ein Paar. Sie kannten sich aus der Schule, und Mason war wohl von Anfang an verliebt in sie gewesen." Sie schüttelt den Kopf. „Nun, an jenem verhängnisvollen Tag befand Mason sich auf einer Fortbildung in Edinburg. Seiner Mutter ging es plötzlich schlechter, sie ahnte, dass ihr nur noch wenig Zeit blieb. Sie wollte nicht, dass Mason mitansehen musste, wie sie starb, und bat Enya, ihn nicht zu verständigen. Stattdessen äußerte sie Enya gegenüber den Wunsch, noch einmal hinaus in die Natur zu fahren. Sie hatte einen bestimmten Lieblingsplatz, nicht allzu weit von hier entfernt. Enya wollte ihr den Wunsch erfüllen, informierte aber dennoch heimlich

Mason, bat ihn, ebenfalls dorthin zu kommen. Sie konnte sich denken, dass ihm das wichtig war. Mason machte sich auf den Weg, wartete schließlich dort, doch seine Mutter und Enya kamen nie an. Sie … Sie sind unterwegs verunglückt. Ein entgegenkommender Lastwagen … der Fahrer hatte die Kontrolle über das Steuer verloren … Enya und Masons Mutter waren auf der Stelle tot, der Lastwagenfahrer verstarb später im Krankenhaus."

Ich schlucke. „Das …" Ich schüttele den Kopf. „Ich weiß nicht, was ich sagen soll, Mairin."

Nun lächelt die ältere Frau. „Sie brauchen nichts zu sagen. Nun wissen Sie wenigstens, warum Mason so ist, wie er ist. Und glauben Sie mir: Er ist ein guter Mensch."

Während kurz darauf ich zurück auf mein Zimmer gehe, wirbeln die Gedanken nur so durch meinen Kopf. Was ich von Mairin erfahren habe, geht mir nah. Dass Mason so viel durchmachen musste in seinem Leben – ich hatte ja keinen Schimmer!

Aber da ist auch noch etwas anderes, das mich beschäftigt. Ein Gedanke, der mir während des Gesprächs mit Mairin gekommen ist und der mich seither nicht mehr loslässt. Könnte es sein, dass …?

Auf meinem Zimmer angekommen, nehme ich mir wieder Masons Manuskript vor. Eigentlich hatte ich vor, den Rest nur noch zu überfliegen, doch nun halte ich es für besser, nicht allzu oberflächlich zu lesen.

Die Zeit vergeht, und als ich endlich mit dem Manuskript durch bin, ist es Abend geworden.

Nachdenklich gehe ich hinüber zum Fenster. Ich will es öffnen, um ein wenig frische Luft reinzulassen, doch da fällt mein Blick durch die Scheibe hinunter in den Garten, und ich sehe im Schein des Mondes Mason. Er sitzt auf einer der Bänke, die in der gesamten Gartenanlage am Wegesrand aufgestellt sind, und starrt ins Leere.

Entschlossen straffe ich die Schultern. Es ist Zeit für ein Gespräch.

SIEBEN

Mason

„Amanda ist Enya, habe ich recht?“

Ich zuckte zusammen, als die Stimme hinter mir erklingt.

Bekkas Stimme.

Aber ich zucke nicht zusammen, weil sie es ist. Vielleicht auch ein bisschen, ja. Ich bin ihr seit unserer Rückkehr in die Highlands gestern aus dem Weg gegangen. Sicher fragt sie sich, warum. Und ganz fair ist es wohl auch nicht. Aber ich konnte einfach nicht anders. Was in der Nacht in Bekkas Wohnung passiert ist, hat mich zutiefst verwirrt. Und das Verrückte ist, ich weiß nicht einmal, warum eigentlich. Ich meine, hey, es war Sex, oder nicht? Eine unbedeutende Nummer mit einer Frau unter vielen. Das habe jede Woche, und zwar nicht nur einmal. In ein paar Tagen fahre ich wieder nach London in den Club und reiße die nächste Braut auf, wo ist das Problem? Wie schon gesagt, ich weiß es nicht – aber irgendetwas hat sich dieses Mal anders angefühlt.

Jedenfalls, Bekkas bloße Anwesenheit ist es nicht, die mich nun so erschreckt. Sondern das, was sie gesagt hat.

Amanda ist Enya, habe ich recht?

Da sind jetzt verschiedene Gefühle. Ich bin erschrocken, ja. Aber auch verwirrt. Woher weiß sie davon? Und ich bin wütend. Weil sie es wagt, einfach diesen Namen laut auszusprechen.

Und weil sie mit ihrer Vermutung genau richtig liegt.

Sie setzte sich neben mich. Ich blicke nicht zu ihr, starre weiter nach vorn ins Leere. Ich will Bekka jetzt nicht anschauen, will eigentlich nicht mal mit ihr sprechen. Aber ich spüre, dass ich einer Diskussion nicht aus dem Weg gehen kann.

„Woher weißt du davon?", frage ich. Meine Stimme klingt in meinen eigenen Ohren fremd. Heiser, brüchig. Ich verharre kurz. Es kann nur eine Antwort geben. „Mairin?", frage ich.

Kurze Stille, dann: „Ja, sie hat es mir gesagt. Sei ihr bitte nicht böse, sie … sie …"

Ich winke ab. „Ich könnte Mairin nie böse sein. Sie …" Ich seufze. „Ach, kommen wir lieber zum Punkt. Also, wann fängst du an?"

„Anfangen? Womit?"

„Mit deiner Standpredigt. Wegen meinem Roman."

Wieder ein kurzes Schweigen. Dann: „Ich bin nicht hier, um dir eine Standpredigt zu halten, Mason. Ich meine, dass dein Manuskript viel zu lang ist, weißt du selbst. Ebenso wie du weißt, dass viele hundert Seiten einfach überflüssig sind und nicht hätten geschrieben werden brauchen. Das betrifft vor allem die zweite Hälfte des Romans. Du hast kein Ende gefunden, und das liegt daran, weil …" Sie hält inne.

„Weil was?", frage ich, und jetzt sehe ich sie doch an. Ihr ist anzumerken, dass ihr die nächsten Worte nicht leicht über die Lippen kommen.

„Weil du Enya nicht noch einmal verlieren wolltest."

Nun ist es ausgesprochen. Bekka, die ich gerade einmal seit ein paar Tagen kenne und die mein Manuskript erst gestern bekommen hat, ist es gelungen, innerhalb kürzester Zeit mein Innererstes nach außen zu krempeln. Ich selbst habe es mir bisher nie eingestanden – aber es stimmt, was Bekka sagt.

Ich schweige.

„Du hast angefangen, eine Geschichte über deine große Liebe zu schreiben", sagt Bekka. „Mir ist von Anfang an ein Unterschied zu deinen vorherigen Büchern aufgefallen. Während dein Debütroman wirklich großartig war und voller Gefühl, Leben, Traurigkeit und Wut, fehlte es den beiden Nachfolgern an Intensität. Sie konnten nicht fesseln, nicht mitreißen, wirkten oberflächlich und wie vom Reißbrett. Dieses Werk aber begann voller Tiefe, wenn man die ersten zweihundert oder dreihundert Seiten liest, verliert man sich. Doch dann wirkt alles zunehmend in die Länge gezogen, man merkt, dass du einfach nicht aufhören willst. Du willst diesen Roman nicht beenden, und anfangs war mir nicht klar, wie so etwas sein kann." Sie seufzt. „Dann erzählte mir Mairin von Enya und dem schrecklichen Unfall, der dir die zwei wichtigsten Menschen in deinem Leben genommen hat, und die Puzzlestücke fügten sich zusammen."

Ich senke den Blick. „Alles, was du gesagt hast, stimmt", sage ich schließlich. „Aber weiterbringen wird uns das auch nicht, denke ich. Du siehst ja, was ich angerichtet habe. Dieser Roman wird nie fertig werden."

„Das kommt darauf an", sagt sie nun.

„Worauf?"

„Ob du ihn wirklich beenden willst. Falls ja, könnten wir es schaffen. Gemeinsam. Du müsstest dort, wo der rote Faden plötzlich verschwindet, noch einmal neu anfangen. Und die Geschichte zu Ende schreiben. Doch dazu musst du dich von Amanda trennen. Und wenn du mich fragst, solltest du das auch."

Ich will etwas erwidern, doch Bekka legt mir eine Hand auf den Unterarm.

„Du brauchst Amanda nicht, Mason. Du hast Enya. Für immer. In deinem Herzen. Lass sie dort weiterleben, nicht in irgendeinem Roman."

Jetzt muss ich schlucken. Der Kloß, der sich plötzlich in meiner Kehle gebildet hat, fühlt sich riesengroß an. Bekkas Worte haben etwas tief in mir angerührt. Ich verstehe es selbst nicht, ich kenne diese Frau so gut wie gar nicht. Und trotzdem bedeutet mir das, was sie sagt, etwas, und ich habe nur noch das Bedürfnis, mich ihr anzuvertrauen. Mit ihr zu sprechen. Ihr mein Herz auszuschütten.

Ihr mein Geheimnis anzuvertrauen.

Aber ist es nicht sinnlos? Was bringt das alles? Genau das frage ich sie jetzt auch:

„Und was hätte ich davon? Du hast es doch selbst gesehen. Der Roman ist nicht mehr zu retten."

Sie schüttelt den Kopf. „Ich habe dir doch gerade gesagt, was zu tun wäre."

„Aber der Abgabetermin ist längst verstrichen!", halte ich entgegen. „Für so ein Unterfangen bräuchte man Monate."

Jetzt lacht sie. „Ich bitte dich. Ich bin Lektorin, Mason. Und glaub mir, im Laufe meines Berufslebens habe ich schon ganz andere, wesentlich schlechtere Romane in kürzester Zeit komplett umgekrempelt. So etwas kann ich. Du müsstest den Roman halt nur zu Ende schreiben, den Rest erledige ich. Dafür bin ich schließlich hier: um dich zu unterstützen."

„Aber wer weiß, wie lange der Verlag uns noch gibt!"

„Das weiß ich nicht, aber sie werden sicher warten, bis wir fertig sind. Schließlich wollen sie den Roman, da ist alles besser als das, was du bisher liefern könntest."

Einen Moment denke ich schweigend nach. Bekka will mir also helfen. Sie will mir helfen, aus dem Berg an Seiten, die ich geschrieben habe, ein vernünftiges Manuskript zu machen. Das Verrückte ist: Obwohl ich sie nicht wirklich kenne und keine Ahnung davon habe, was sie bisher beruflich geleistet hat, traue ich es ihr zu. Noch verrückter ist, dass ich es mir plötzlich auch zutraue, den Roman zu Ende zu bringen.

Die Geschichte zu Ende zu schreiben.

Ohne Amanda.

Denn ich brauche Amanda nicht. Ich habe Enya.

Für immer.

In meinem Herzen.

Bekkas einfühlsame Worte haben mir die Augen geöffnet.

Und allein schon deshalb möchte ich es tun. Ihr das erzählen, wovon fast niemand etwas ahnt.

Niemand außer Mairin.

Ich wende mich Bekka nun richtig zu, sehe sie direkt an. Einen Augenblick lang nehme ich mir die Zeit, mir die richtigen Worte zurechtzulegen, dann sage ich: „Wenn du das wirklich willst, Bekka, wenn du das wirklich mit mir durchziehen willst, dann solltest du vorher etwas erfahren."

Ihr Gesicht zeigt keine Regung. „Klar, wenn du meinst …"

„Du sagtest vorhin, dass mein zweiter Roman ebenso wenig wie mein dritter Roman an mein Debütwerk heranreicht, richtig?"

„Ja, richtig." Sie nickt. „Aber versteh das bitte nicht falsch, ich …"

Ich hebe die rechte Hand. „Darum geht es nicht, Bekka. Ich weiß das alles selbst. Und es gibt einen Grund dafür, dass sich mein erster Roman so sehr von den Nachfolgern unterscheidet."

„Und der wäre?" Sie runzelt die Stirn. „Worauf willst du hinaus?"

„Darauf, dass … Also, es ist so." Noch einmal atme ich tief durch, dann lasse ich die Bombe platzen. „*Unsterbliche Liebe* stammt nicht aus meiner Feder, Bekka. Ich habe diesen Roman nicht geschrieben."

Einen Augenblick starrt sie mich ungläubig an. Dann fragt sie mit eindeutig entsetzt klingender Stimme: „Soll das heißen, *Unsterbliche Liebe* ist ein … Plagiat?"

ACHT

Bekka

Fassungslos starre ich Mason an. Ich kann nicht glauben, was ich eben gehört habe. Kann es wirklich sein, dass der berühmte Mason Cromwell seine Karriere auf einer Lüge aufgebaut hat?

Ich spüre, wie mir sämtliches Blut aus dem Gesicht weicht. Das muss ein Albtraum sein!

Ein Plagiat … Grundgütiger! So etwas ist das Schlimmste, das man in diesem Geschäft machen kann. Zum einen natürlich, weil es verboten ist. Eine Straftat. Man klaut geistiges Eigentum. Zum anderen ist das natürlich auch tödlich für den Ruf. Kommt so was bei einem erfolgreichen Autor ans Licht, war's das mit ihm.

Und was bedeutet das jetzt für mich? Darauf gibt es nur eine Antwort: Ich kann auf gar keinen Fall mit Mason zusammenarbeiten. Und dabei spielt es keine Rolle, dass sein aktuelles Werk wahrscheinlich nicht geklaut ist. Es wäre für mich einfach nur unklug, mit einem Autor, der so etwas getan hat, zusammenzuarbeiten. Und nicht nur das. Ich könnte es einfach nicht. Aus Gewissensgründen.

Die Branche mag hart umkämpft sein. Autoren mögen es schwer haben. Aber das gibt niemandem das Recht, sich am geistigen Eigentum anderer zu vergreifen. Bei so etwas ist mit mir nicht zu reden, ich

…

„Es ist kein Plagiat“, reißt Masons Stimme mich da aus meinen Gedankengängen.

Ich blinzele. „Was? Aber du sagtest doch gerade …“

„Dass ich *Unsterbliche Liebe* nicht geschrieben habe, und das stimmt auch. Dennoch ist es kein Plagiat. Es gehört mir.“

Im Moment verstehe ich nur Bahnhof. Skeptisch blicke ich Mason an. „Würdest du mir dann vielleicht mal erklären, was Sache ist?“, frage ich, doch eigentlich ist es keine wirkliche Frage, sondern eine Aufforderung.

„Meine Mutter hat den Roman geschrieben“, sagt Mason.

Ich stutze. „Deine Mutter?“, frage ich nach.

„Sie hat den Roman wohl geschrieben, als sie mit mir schwanger war. Und ihn all die Jahre unter Verschluss gehalten.“

„Sie hat nie Anstalten gemacht, das Manuskript einem Verlag anzubieten?“

„Nein, nie.“ Mason schüttelt den Kopf. „Allerdings haben wir auch nie über das Thema gesprochen, daher weiß ich nichts Genaues. Sie hat es mir ja auch erst gesagt, als es mit ihr …“ Seine Stimme wird brüchig. „Als es mit ihr zu Ende ging.“

Ich nehme seine Hand, drücke sie leicht.

„Alles, was ich weiß, ist, dass sie meine eigenen Schreibversuche immer mit großem Interesse beobachtet hat. Sie sah aber auch, dass es bei mir nicht so recht klappen wollte. Du musst wissen, dass es ja schon seit meiner Jugend mein großer Traum war, Thriller zu schreiben." Er hebt die Schultern. „Aber das wurde halt nichts, irgendetwas fehlte mir da wohl immer. Ein paar Wochen vor dem schrecklichen Unfall gab meine Mutter mir schließlich das Manuskript. Sie wusste ja, dass ihr durch ihre Krankheit nicht mehr viel Zeit blieb. Sie sagte, dass ich das Manuskript nehmen und anbieten solle. Unter meinem Namen. Sie glaubte, dass ich so in der Branche Fuß fassen und eines Tages vielleicht dann das schreiben könnte, was ich will. Und sollte es ein Erfolg werden, hatte sie nur einen Wunsch."

„Und welchen?"

„Dass ich unser Anwesen behalte und renoviere."

Ich nicke. „Was du dann ja auch getan hast."

„Genau. Ich habe mich oft gefragt, warum meine Mutter nicht selbst den Versuch unternommen hat, das Manuskript zu verkaufen. Viel früher. Immerhin hätte das unsere Geldsorgen gelöst. Doch wahrscheinlich hat sie damals nicht an einen Erfolg geglaubt, oder sie wollte ganz einfach nicht im Licht der Öffentlichkeit stehen. Nun, eine Antwort werde ich nie bekommen."

„Und das ist doch auch nicht schlimm, oder? Du hast ihr ihren großen Wunsch erfüllt – und kannst ein Leben führen, so, wie du es willst. Was sie sich sicher ebenfalls für dich gewünscht hätte."

Er lacht bitter auf. „Na, da bin ich nicht so sicher. Ich führe ja nicht gerade ein … vernünftiges Leben."

„Du meinst, weil du auf sehr großem Fuß lebst, das Geld praktisch aus dem Fenster wirfst und in Bezug auf Frauen … nichts auslässt?"

Mit der letzten Bemerkung versetze ich mir selbst einen Stich. Der Gedanke, wie Mason mit anderen Frauen … mir ist nicht mehr wohl dabei. Liegt es daran, dass ich mit ihm geschlafen habe? Wahrscheinlich, aber das sollte ich schnellstens ablegen und mir vor Augen führen, dass das Ganze für Mason ohnehin nichts weiter als ein One-Night-Stand unter vielen war.

„Du bist sehr direkt", sagt er.

Ich lächle. „Weißt du, ich könnte mir gut vorstellen, dass du dein Leben so lebst, wie du es tust, um …"

„Ja?"

„Um zu vergessen. Ich denke, du weißt, was ich meine.

Er nickt nur und wechselt dann das Thema: „Jedenfalls hat meine Mutter mir alle Rechte vererbt. Du brauchst also keine Angst zu haben – ich bin kein Dieb. Von der rechtlichen Seite habe ich mir nichts zu Schulden kommen lassen. Allerhöchstens von der moralischen Seite, weil ich es halt niemandem gesagt habe. Andrew, die Leute vom Verlag, die Leser, Presse … niemand weiß etwas davon. Außer Mairin. Sie ist eingeweiht."

„Und ich jetzt auch", sage ich nachdenklich.

In Gedanken fasse ich noch einmal zusammen, was ich soeben erfahren habe: Mason Cromwells Debütroman, das Buch, mit dem er seinen Durchbruch schaffte, stammt gar nicht von ihm, sondern von seiner Mutter. Er hat alle Rechte geerbt. Das ist völlig richtig, Urheberrechte sind frei vererbbar. Und er musste es sicher auch niemandem mitteilen. Nicht einmal Mr. Cromwell oder seinem Verlag. Das dürfte rechtlich auch einwandfrei sein. Und was das Thema Moral angeht – in diesem Geschäft sind solche Dinge im Grunde völlig normal. Nicht nur, dass viele Autoren Pseudonyme benutzen, oft werden auch ganze Biografien erfunden. Viele „Autorinnen" von Liebesromanen sind Männer, die weibliche Pseudonyme nutzen. In letzter Zeit gibt es viele Autorinnen, die männliche Namen benutzen, um Gay-Romance-Geschichten zu veröffentlichen. Und so weiter, und so fort.

Ja, Masons Fall liegt noch ein bisschen anders, da bei ihm nicht mal der Verleger Bescheid weiß und er selbst den Roman nun mal nicht geschrieben hat. Aber auch das gibt es zuhauf, indem zum Beispiel erfolgreiche Autoren Ghostwriter engagieren, die die Geschichten für sie schreiben, ohne dass jemals irgendjemand etwas davon erfährt, außer eben der Ghostwriter selbst und dessen Finanzamt.

Kurz: Ich glaube nicht, dass Mason in irgendeiner Weise Schuld auf sich geladen hat. Gleichwohl könnte ich mir vorstellen, dass manche Leserinnen sich betrogen fühlen könnten, wenn das mal ans Licht kommt. Aber das kann ich nicht mit Sicherheit sagen, ich bin ja nun keine Hellseherin. Könnte genauso gut sein, dass es den Leuten völlig am Hintern vorbeigeht.

„Was sagst du nun?", fragt Mason in die Stille hinein. Er klingt unsicher, beinahe ein wenig ängstlich. Was befürchtet er? Dass ich jetzt nichts mehr von ihm wissen will?

„Was soll ich sagen?“ Ich zucke die Achseln. „Ich bin überrascht, ja. Damit habe ich nicht gerechnet. Juristisch aber dürfte die Sache eindeutig sein, du besitzt ja alle Rechte an dem Roman. Gut, vielleicht würden dir ein paar Fans davonlaufen, wenn das rauskäme, aber sonst …“

„Also steht unserer Zusammenarbeit nichts im Weg?“, fragt er vorsichtig.

Ich schüttele den Kopf. „Nein, tut es nicht. Wenn du willst, können wir gleich anfangen. Ich bin sicher, wenn wir uns mächtig ins Zeug legen, können wir in vier Wochen durch sein.“ Ich nicke ihm zu. „Gemeinsam packen wir das.“

„Think positive, richtig?“ Er lächelt. „Also gut, packen wir es an.“

Am nächsten Morgen sitze nicht nur ich schon früh in der Küche bei Mairin, sondern zu meiner Überraschung auch Mason.

„Ich habe ewig nicht mehr in der Küche gegessen“, sagt er und trinkt einen Schluck Kaffee.

„Und warum tust du es heute?“, frage ich.

Er lächelt. „Weil ich mit dir frühstücken wollte. Damit wir hinterher direkt durchstarten und während des Frühstücks schon mal grob unser Vorgehen besprechen können.“

Natürlich. Die Arbeit. Gut, ich geb’s zu, ein klitzeklein wenig enttäuscht bin ich schon. Irgendwie hatte ich wohl gehofft, er wollte meinetwegen mit mir frühstücken. Um mit mir zusammen zu sein. Aber wir sind nun mal Autor und Lektorin, es geht hier um die

Arbeit, nicht mehr und nicht weniger. Das muss ich mir immer wieder vor Augen halten. Was nicht so ganz einfach ist und sicherlich einfacher wäre, wenn wir nicht schon mal miteinander in der Kiste gewesen wären. Waren wir aber nun mal, und ich muss mir wohl irgendwie klarmachen, dass es für Mason tatsächlich nur ein One-Night-Stand war.

Marin mag das anders sehen, was ich ihr auch während des Frühstücks ansehe. Immer wieder wirft sie mir aufmunternde Blicke zu, die zu sagen scheinen: „Machen Sie sich keinen Kopf, Kindchen, das wird schon."

Doch ich glaube das nicht. Und der Grund ist einfach, aber schwerwiegend: In Masons Herz ist kein Platz für mich. In seinem Herz ist kein Platz für irgendeine Frau.

In seinem Herz lebt Enya weiter.

Für immer.

Ich schüttele den Gedanken ab und beiße in mein Croissant. „Also gut, dann schlage ich vor, dass ich dir nachher erst einmal eine Liste gebe mit Punkten, die mir wichtig sind", sage ich zu Mason. „Damit du einen groben Überblick erhältst, wie es weitergehen muss, wenn die Geschichte zu einem vernünftigen Abschluss gebracht werden soll. Dann können wir das in aller Ruhe durchsprechen und bestimmen die Seite, an der du anfängst, weiterzuschreiben, während ich mir die vorherigen Seiten vornehme, den Text kürze, umarbeite und korrigiere."

„Klingt nach einem guten Plan", sagt Mason.

„Und nach viel Arbeit", meldet Mairin sich zu

Wort. Dann lächelt sie. „Aber ihr beide, ihr macht das schon. Ich glaube, ihr seid ein gutes Team.“

Mason und ich sehen uns an und müssen beide lachen.

„Na, das wird sich erst noch zeigen“, sage ich. „Schließlich müssen wir erst mal abwarten und …“

Der Klingelton eines Handys unterbricht mich.

Es ist das von Mason.

Er zieht es aus seiner Hosentasche und wirft einen Blick darauf. „Es ist Andrew“, kommentiert er und nimmt das Gespräch an. „Andrew, altes Haus, ich …“

Weiter höre ich nicht zu, da sich in diesem Moment auch mein Smartphone meldet und den Eingang einer Textnachricht verkündet.

Sie ist von Linda.

Bevor ich mir gestern Masons Manuskript noch bis weit in die Nacht hinein erneut vornahm, einige Anmerkungen machte und mir auch Notizen aufschrieb, habe ich Linda angerufen, um sie auf den neuesten Stand zu bringen. Dabei habe ich ihr auch den Sachverhalt mit Masons Debütroman geschildert. Zur Sicherheit bat ich sie, sich da noch einmal – natürlich diskret – schlauzumachen.

In ihrer Textnachricht teilt sie mir nun mit, dass ich genau richtig lag: Mason hat sich in keiner Weise juristisch etwas zu Schulden kommen lassen, da er, als er das Manuskript an Mr. Davenport übergab, über sämtliche Urheberrechte des Werkes verfügte, die ihm zuvor von seiner Mutter vererbt worden waren.

Das beruhigt mich schon mal zusätzlich. Die moralische Seite ist natürlich eine ganz andere.

Zumindest Mr. Davenport hätte er davon erzählen sollen, finde ich. Der hätte dann beurteilen können, ob es eine gute Idee ist, die Verlage und Leser über die wahre Identität der Verfasserin im Unklaren zu lassen.

Mr. Davenport, du meine Güte! Was wird er wohl dazu sagen, wenn er davon erfährt? Und er wird davon erfahren müssen, daran beißt die Maus keinen Faden ab. Denn diese Tatsache kann ich unmöglich vor meinem Boss geheim halten, das ist mal klar. Darüber muss ich also auch noch dringend mit Mason reden. Aber es wäre unklug, das jetzt zu tun. Besser ich warte damit, bis wir sein aktuelles Manuskript beendet haben.

Mason beendet sein Gespräch, ich meinen Gedankengang.

„Und?", frage ich. „Was sagt Mr. Davenport? Hast du ihm von unserem Vorhaben …"

„Er sagt, dass wir die Sache vergessen können", fällt Mason mir ins Wort.

Ich blinzele. „Vergessen? Wie? Was?"

„Die Sache mit dem Roman. Der Verlag hat sich nämlich bei ihm gemeldet."

„Aha. Und?"

Mason sieht mich ernst an. Gar nicht gut. „Sie haben eine neue Frist gesetzt, und die kommt unseren Plänen nicht gerade … entgegen, würde ich mal sagen."

„Eine neue Frist? Aber hast du denn …?"

„Es sieht so aus, Bekka: Wenn wir das Manuskript wirklich noch abliefern wollen, bleibt uns genau …"

„Ja?"

„Eine Woche. Und egal, ob ich abliefere oder nicht, danach ist die Zusammenarbeit beendet. Sie wollen nichts mehr von mir haben, ich bin raus."

Ich reiße Mund, Augen und weiß ich was auf. „E-i-n-e W-o-c-h-e?" Ich schüttele den Kopf. „Unmöglich, das geht nicht. Niemals. Das war's, Mason, das können wir vergessen."

Er sieht mich an, ich wiederum sehe, wie es hinter seiner Stirn arbeitet. Dann legt sich ein so entschlossener Ausdruck auf sein Gesicht, dass mir nur ein Gedanke durch den Kopf geht.

Ich habe einen Mann vor mir, der eine Entscheidung gefällt hat.

„Weißt du, wie es sich anfühlt, zu schlafen, Bekka?", fragt er mich schließlich.

Ich runzele dir Stirn. Was für eine bekloppte Frage. „Natürlich, jeder weiß das."

„Gut, dann merke dir, wie es sich anfühlt. In den nächsten sieben Tagen wirst du nämlich keinen Schlaf mehr bekommen." Er nickt mir zu. „Wir ziehen das verdammte Ding durch!"

VIERTER TEIL

EINS

Mairin

Mason und Bekka zu beobachten, wie sie gemeinsam an diesem Manuskript arbeiten, ist eine wunderbare Sache. Sie harmonieren so gut miteinander, wirken wie ein perfekt eingespieltes Team.

Dabei kennen sie sich erst seit Kurzem. Und als Bekka hierherkam, hatte ich die Befürchtung, dass es nicht lange dauern würde, bis sie Dunadair Castle tränenüberströmt wieder verlässt. Ich kenne doch meinen Mason.

Meinen Mason …

Ja, ich gebe zu, dass Mason so etwas wie ein Sohn für mich ist. Nicht dass ich falsch verstanden werde. Er hat seine Mutter geliebt, abgöttisch, und ich habe mich nie in diese Mutter-Sohn-Beziehung gedrängt. Aber wenn man Tag für Tag dabei ist, wie ein Junge aufwächst, zum Mann wird, alle Höhen und Tiefen seines Lebens miterlebt, dann ist er mehr als nur jemand aus der Familie, für die man arbeitet, und auch jetzt ist er mehr als einfach nur mein Arbeitgeber, für den ich den Haushalt mache.

Als sein Vater starb, war es schlimm für ihn, der Unfall, der ihm seine Mutter und Enya nahm, das schlimmste und tragischste Erlebnis seines Lebens.

Ihn jetzt zusammen mit Bekka zu erleben, erfüllt mich mit Freude. Vom ersten Moment an habe ich gemerkt, dass die beiden gut zusammenpassen würden. Und ich bin sicher, dass auch sie inzwischen erkannt haben, dass es nicht nur die Arbeit ist, die sie verbindet.

In den vier Tagen, die vergangen sind, seit die Abgabefrist für Masons Manuskript gesetzt wurde, habe ich die beiden praktisch nur arbeiten sehen. Mal jeder für sich, mal gemeinsam, mal konzentriert, dann wieder vergnügt oder auch fluchend und den Tränen nah.

Ich versorge sie, so gut es geht, mit Kaffee, Tee, Wasser, kleinen Snacks und frischem Obst. Große Mahlzeiten wollen sie nicht zu sich nehmen, da das nicht gut für die Konzentration wäre, wie sie sagen. Nun, sie selbst müssen es am besten wissen, aber ich denke immer, der Mensch muss doch vernünftig essen, oder nicht?

Aber da will ich mich nicht weiter einmischen. Zu sehen, wie die beiden miteinander arbeiten, verleiht mir ein gutes Gefühl. Denn mir entgeht auch nicht, mit welchem Eifer Mason bei der Sache ist. Er befindet sich nicht nur in einem regelrechten Arbeitswahn, sondern scheint dabei sogar Spaß zu haben.

Und das, glauben Sie mir, habe ich schon sehr, sehr lange nicht mehr bei ihm erlebt.

Sie kennen sein Geheimnis ja inzwischen, daher darf ich ruhig darüber reden. Der Roman, mit dem er seinen Durchbruch hatte, stammt ja nicht von ihm, sondern von seiner Mutter. Mason hat zuvor Kriminalromane und Thriller geschrieben, oder besser: Er hat es versucht. Ich weiß nicht mal, ob er außer

Kurzgeschichten je etwas fertiggestellt hat, aber eines weiß ich: dass er bei diesen Geschichten mit Freude bei der Sache war. Das fing schon in frühester Jugend an. Sobald er einen Krimi im Fernsehen oder mal im Kino gesehen hat, waren da eigene Ideen, die er zu Papier bringen musste, und selbst etwas zu schreiben, war einfach das Größte für ihn.

Es war eine Leidenschaft, die ihn antrieb. Als vor acht Jahren dann der Roman seiner Mutter veröffentlicht und Mason praktisch von einem Tag auf den anderen zu einem erfolgreichen und vermögenden Mann wurde, war diese Leidenschaft wie weggeblasen. Die zwei Romane, die er danach geschrieben hat, waren eine Qual für ihn. Er wollte sie nicht schreiben, diese Geschichten lagen ihm nicht, aber er hatte nun mal den Erwartungsdruck des Verlages und auch seines Agenten im Nacken.

Manche von Ihnen werden Mason womöglich für einen schlechten Menschen oder gar Betrüger halten, weil er nicht mit offenen Karten spielt, was seinen ersten Bestseller angeht. Dazu kann ich nur sagen, dass ich das anders sehe. Im Grunde hat er seiner Mutter einfach nur deren letzten Wunsch erfüllt.

Etwas, das ihn durchaus belastet hat und noch immer belastet.

Er ist kein skrupelloser Mann, der für den Erfolg alles tut. Aber er hat auch gegen keinerlei Recht verstoßen. Und doch denke ich, dass er irgendwann die Wahrheit ans Licht bringen wird, allein, um sein eigenes Gewissen zu beruhigen.

Nun, wie auch immer er sich in dieser Hinsicht

entscheiden wird, ich werde immer hinter ihm stehen.

Denn für mich ist Mason nun mal wie ein Sohn.

ZWEI

Mason

„Das Ende … es ist zu abgehackt", sagt Bekka nachdenklich. „Es kommt zu schnell, meine ich."

„Und was schlägst du jetzt vor?", frage ich und kann ein Gähnen nicht unterdrücken. „Ich kann ja jetzt nicht schon wieder alles umschreiben. Will ich auch gar nicht. Bisher bin ich nämlich mit unserer Arbeit sehr zufrieden, außerdem muss ich das Manuskript morgen abgeben …"

„Ich weiß, ich weiß, nun bleib mal locker." Schelmisch sieht sie mich an, wird dann aber wieder ernst. „Also, meiner Meinung nach würde es ausreichen, wenn du das vorletzte Kapitel noch ein wenig ausdehnst. Bring noch ein bisschen mehr Gefühl rein und lass die Leserinnen bis zum eigentlichen Happy End noch ein bisschen mehr zappeln, dann wird das schon."

Ich nicke. „Das dürfte ich hinkriegen."

„Na, daran habe ich keinen Zweifel." Sie lacht auf. „Wenn man bedenkt, was du in den letzten Tagen alles hingekriegt hast, ist das hier ein Klacks. Du hast immerhin Tag und Nacht geschrieben."

„Und du hast rund um die Uhr korrigiert, überarbeitet, gekürzt, umgeschrieben …" Ich winke ab. „Ich glaube, da hast du mehr geleistet als ich. Im Ernst: Vielen Dank, Bekka."

Sie wirkt ein bisschen verlegen, senkt den Blick. „Wenn du mit meiner Arbeit zufrieden bist, ist das für mich der größte Dank."

„Zufrieden?" Nun muss auch ich lachen. „Zufrieden ist ja wohl die Untertreibung des Jahrhunderts. Du hast eine Meisterleistung vollbracht, Bekka, und damit das Unmögliche erst möglich gemacht." Ich warte einen Moment, ehe ich hinzufüge: „Ohne dich hätte ich das nicht geschafft. Niemals."

Einen Moment herrscht Schweigen, dann räuspert sie sich. „Ach was, so viel habe ich doch gar nicht gemacht."

„Erstens stimmt das nicht, und zweitens kommt es nicht nur auf die Menge an, sondern auch auf das Wie. Und das hast du wirklich drauf. Wie du es oft schaffst, einem Kapitel mit wenigen Änderungen einen ganz neuen Inhalt zu verleihen – das ist ein Talent, Bekka. Manchmal frage ich mich, wieso du bei Andrew arbeitest. Ich meine, nicht, dass ich nicht froh darum bin, sonst hätte ich dich schließlich nie kennengelernt, aber jedes große Verlagshaus müsste sich nach deinen Fähigkeiten als Lektorin die Finger lecken."

Da zuckt sie sichtlich zusammen und senkt noch weiter den Blick.

Ich kneife die Augen zusammen. „Was ist los, Bekka? Habe ich irgendetwas Falsches gesagt?"

„Nein, das nicht. Es ist nur …" Sie stößt ein Seufzen aus. „Ich glaube, es gibt da etwas, das du wissen solltest."

„Du hattest ja schon mal eine Andeutung in der Richtung gemacht", sagte ich.

Sie nickt. Und nach einem kurzen Zögern mit anschließendem Luftholen beginnt sie dann, wie ein Wasserfall zu reden. Ich erfahre, dass sie bei einem großen Verlag als Lektorin gearbeitet hat, zu einem reichen und erfolgreichen Autor geschickt wurde, um dem in ähnlicher Weise zu helfen, wie jetzt mir, und dass dieser Mann mit ihr gespielt, sie ausgenutzt und hinterher fallengelassen hat.

Sie nennt mir keinen Namen – etwas anderes hätte ich auch von ihr nicht erwartet. Aber meine Wut auf diesen Mann, der ihr so wehgetan hat, ist grenzenlos. Ich sage es frei heraus: Am liebsten wäre ich zu diesem Typen mal hin, um ihm ein paar Takte zu sagen – und wahrscheinlich wäre es dabei nicht geblieben.

Doch es gibt etwas, das stärker ist als meine Wut auf diesen Kerl: mein Mitgefühl für Bekka. Dass sie so tief enttäuscht wurde, zerreißt mir das Herz. Ich kann nicht anders, als sie in die Arme zu schließen. Sie legt den Kopf an meine Brust und lässt ihren Tränen freien Lauf.

Als sie wieder aufblickt, wirkt sie erst ein bisschen beschämt, dann lächelt sie. „Jetzt ist dein Hemd ganz nass", sagt sie.

Wir sehen uns an, unsere Lippen finden sich, und wir küssen uns.

Als Bekka und ich Sex hatten, haben wir uns auch geküsst. Aber die Küsse waren anders; wilder, voller Leidenschaft. Und die Frauen, die ich sonst so küsse – da trifft das Wort Küssen eigentlich gar nicht wirklich zu. Ein kurzes Knutschen, um zur Sache zu kommen, mehr ist das nicht.

Das hier ist etwas völlig anderes. Es ist ein sanfter Kuss, voller Zärtlichkeit und Zuneigung.

In diesem Moment habe ich das Gefühl, dass ich Bekka schon ewig kenne. Am liebsten würde ich sie nie mehr loslassen.

Doch Bekka sieht das anders. Hastig macht sie sich von mir los und sagt: „Das muss reichen. Sonst schaffen wir den Roman nicht mehr."

Reichlich unromantisch, aber sie hat recht.

Ich nicke. „Na, dann machen wir uns mal wieder an die Arbeit …"

Gesagt, getan. Wir stürzen uns in die Arbeit. Während Bekka sich weiter um den Feinschliff des Romans kümmert, knöpfe ich mir das Ende vor und gestalte es so um, dass es nicht zu abrupt kommt.

Spät am Abend ist es dann tatsächlich geschafft. „Der Roman ist beendet", stoße ich hervor und reiße die Arme in die Luft. „Endlich!"

Bekka nickt. „Ja, du hast ihn tatsächlich zu Ende geschrieben – den Roman, der sich um ein Haar zu einer unendlichen Geschichte entwickelt hätte." Sie hält kurz inne. „Und nicht nur das. Du hast auch losgelassen, Mason."

Ich weiß, was sie meint. Und es stimmt. Ich habe losgelassen. Die Vergangenheit.

Und Enya.

Sie wird für immer in meinem Herzen bleiben, keine Frage. Aber trotzdem war es wichtig, sie endlich loszulassen.

Wohl zur Auflockerung sagt Bekka: „Wir müssen uns morgen unbedingt auch noch bei Mairin bedanken. Ohne ihren Kaffee hätten wir das alles nicht geschafft. Wie viel Kannen haben wir in den letzten Tagen getrunken?"

Ich lache. „Keine Ahnung, aber es müssen viele gewesen sein. Mairins Kaffee verleiht einem wirklich Superkräfte. Der beste Kaffee der Welt, würde ich mal sagen. Ich …"

Ich verstumme abrupt. Ich habe ehrlich gesagt gar nicht über meine Worte nachgedacht. Hätte ich es mal getan.

Doch Bekka reagiert gelassen. „Ist schon gut", sagt sie, da ihr offenbar mein erschrockener Blick nicht entgangen ist. „Du hast ja recht. Mairins Kaffee ist wirklich Weltklasse, das siehst du ja schon daran, dass ich ihn so gerne und bereitwillig trinke." Sie hebt mit einem Seufzen die Schultern. „Tja, und mein Kaffee ist …"

„Auch gut", sage ich schnell. „Er ist nur …"

„Ungenießbar", fällt sie mir ins Wort. „Bemüh dich gar nicht erst, Mason, ich weiß es selbst. Ich weiß nämlich inzwischen, dass ich …"

„Ja?"

„Nun ja, ich habe da wohl einen kleinen Fehler begangen. Die Geheimzutat meiner Urgroßmutter waren nämlich Nelken, musst du wissen. Gewürznelken. Die wurden neben Kardamom, Anis und Zimt in den Filter gerieben."

Ich hebe die Schultern. „Das klingt ja erst mal gar nicht schlecht, oder?"

„Richtig, aber es kommt auf die Menge an. Ich habe all die Jahre angenommen, es werden zwanzig

Gramm in den Filter gerieben. In Wahrheit sind es aber nur zwei Gramm."

Ich sehe sie an. „Bitte was?"

„Ja, sie hat damals von zwanzig Gramm gesprochen, glaubte ich zumindest, aber ich war ja auch noch klein. Und in ihrem Rezept, das sie per Hand geschrieben hat, las ich später auch zwanzig Gramm. Aber da war ein Kaffeefleck, und … Na ja, das Ergebnis kennst du ja." Sie stößt ein gequältes Seufzen aus. „Das jedenfalls ist die ganze Erklärung für die Brühe, die ich nicht nur all die Jahre gekocht, sondern auch mit Begeisterung getrunken habe."

Jetzt müssen wir beide lachen. Wir lachen und lachen und lachen. Und irgendwann liegen wir uns in den Armen. Erst immer noch lachend, dann sehen wir uns schweigend in die Augen. Küssen uns wieder, und dieses Mal wird aus den Küssen mehr. Wir gehen ins Schlafzimmer, und was wir jetzt machen, ist ganz anders als beim ersten Mal und vor allem ganz anders als der Sex, den ich in den letzten acht Jahren hatte.

Wir lieben uns.

Und ehrlich, das ist so intim für mich, dass ich da auch keine Zuschauer dabei haben will.

Also dann – man sieht sich.

DREI

Bekka

Drei Tage, nachdem wir den Roman fertiggestellt haben, haben wir immer noch nichts von Masons Verlag gehört.

Mr. Davenport sagt, dass sie Mason auf jeden Fall nun ihrerseits zappeln lassen wollen. Zumal die Geschäftsbeziehung mit Abgabe dieses Manuskripts ja auch beendet ist zwischen Autor und Verlag. Da reißt man sich dort kein Bein mehr aus, um dem Autor ein Feedback zukommen zu lassen.

Wie es in Zukunft weitergehen soll, weiß Mason noch nicht. Wir wollen nächste Woche nach London, um mit Mr. Davenport zu sprechen.

Apropos London – warum bin ich da nicht längst wieder, werden Sie sich vielleicht fragen. Mein Job ist schließlich erledigt, also ab an meinen Schreibtisch in Mr. Davenports Büro!

Das wird auch sicher bald wieder der Fall sein, aber erst einmal habe ich Mr. Davenport kurzfristig um zwei Wochen Urlaub gebeten. Und den hat er mir bereitwillig gegeben.

„Bekka“, hat er gesagt, „Sie haben wirklich ein Wunder vollbracht. Dass Mason dieses Manuskript doch noch rechtzeitig abgeben konnte, haben wir alle wohl nur Ihnen zu verdanken. Das sind übrigens Masons Worte. Außerdem ist er wie ausgewechselt seitdem. Irgendwie … umgänglicher.“

Ja, ich kann es auch nur so sagen: Mason hat eine Wandlung vollführt. Wenn ich daran zurückdenke, wie er sich mir gegenüber verhalten hat, als ich in Schottland ankam … Daran erinnert heute nichts mehr. Er ist höflich, nett, aufmerksam, zuvorkommend … Tja, nur was jetzt wirklich zwischen uns ist, das weiß ich immer noch nicht.

An dem Tag, nachdem wir das Manuskript fertigstellten, haben wir noch zweimal miteinander geschlafen. Es war toller Sex, gefühlvoll und leidenschaftlich zugleich. Gesprochen haben wir aber nie darüber und auch nicht darüber, was das jetzt ist mit uns. Eine Affäre, die endet, sobald ich wieder nach London zurückkehre? Oder doch mehr? Läuft alles auf eine Fernbeziehung hinaus?

Ich kann nur für mich sprechen, aber ich bin verliebt in Mason. Eindeutiger Hinweis darauf ist wohl die Tatsache, dass mir das Herz schwer wird, sobald ich auch nur daran denke, bald nach London zurückzufahren. Der Aussicht, bald ohne ihn zu sein, erfüllt mich mit nie gekannter Traurigkeit.

Selbst jetzt, wo ich nur kurz allein bin, fühle ich mich schon einsam. Es ist Mittag. Mason ist vor etwa einer Stunde weggefahren, weil er wohl einiges erledigen muss. Und da das Wetter schön ist und es mich nach dem ganzen Arbeitsmarathon der vergangenen Zeit irgendwie ganz hibbelig macht, nichts zu tun zu haben, beschloss ich kurzerhand, ein bisschen hinunter ins Dorf zu gehen.

Was Mason aber angeht … nun, ich weiß nicht,

was er für mich empfindet. Erwidert er meine Gefühle? Oder ist es für ihn wirklich nur eine Affäre?

Dummerweise glaube ich, dass leider Letzteres der Fall ist. Und das hat vor allem den Grund, dass er höchstwahrscheinlich einfach noch nicht bereit ist für mehr. Dazu nimmt Enya in seinem Herzen noch einen zu großen Platz ein.

So schlendere ich also durch die kleinen hübschen Gassen, sehe mir Auslagen in den Schaufenstern an, genieße die Sonne und die Ruhe um mich herum. Immer wieder begegnen mir freundliche Menschen, und irgendwann erreiche ich das Café, in dem Mason und ich zum ersten Mal zusammen Kaffee getrunken haben.

Tja, damals war ich noch davon überzeugt, den besten Kaffee der Welt zu kochen. Und habe die ‚Brühe', die sie meiner damaligen Meinung nach hier servieren, kaum runtergekriegt. Ob das heute anders wäre?

Ich entschließe mich, es zu testen, und will schon gerade hineingehen, als ich durch die Glasscheibe der Tür ins Innere des Cafés blicke.

Ich sehe zwei Personen. Das blonde Püppchen, das sich Bedienung schimpft – und Mason.

Sie stehen hinter der Theke. Gerade in dem Moment, in dem ich in den Laden sehe, wirft die Blondine sich Mason an den Hals, und sie küssen sich.

Ich stolpere zurück, drehe mich um und schnappe nach Luft. Mit weit aufgerissenen Augen stehe ich einen Moment da, starre ins Leere.

In meinem Kopf wirbeln die Gedanken wild

durcheinander. Du liebe Güte, habe ich mir tatsächlich vorhin noch Gedanken darüber gemacht, ob Mason womöglich ebenso empfindet wie ich für ihn? Ob er eine Beziehung mit mir eingehen will? Oder ob das nicht geht, weil sein Herz noch zu sehr Enya gehört?

Oh weh, habe ich mich wirklich so zum Narren gemacht? Wieder einmal? Sieht ganz so aus.

Noch einmal atme ich tief durch, dann setze ich mich in Bewegung. Ich will weg von hier, und zwar schnell. Nicht nur weg von diesem Café, nein: Ich will ganz weg.

Ich will endlich zurück nach Hause.

VIER

Mason

„Wo bleibst du denn, Junge? Ich habe schon die ganze Zeit versucht, dich anzurufen!"

So, wie Mairin mich empfängt, als ich am Nachmittag nach Hause komme, merke ich gleich, dass irgendetwas nicht stimmt. Normalerweise ist sie die Ruhe selbst; jetzt wirkt sie aufgeregt und besorgt.

„Ich habe doch gesagt, dass ich einiges zu erledigen habe." Ich ziehe die Brauen zusammen. „Was ist denn los? Ist irgendetwas passiert?"

„Bekka!", bringt Mairin heiser hervor. „Sie ist weg!"

„Weg?" Ich zucke die Achseln. „Wohin ist sie denn? Spazieren? Einkaufen?"

„Sie ist nach Hause gefahren. Nach London. Mit ihren Sachen … Ich habe versucht, vernünftig mit ihr zu sprechen, als sie zurückkam, aber … sie wollte nicht." Ernst blickt sie mich an. „Sie hat geweint, Mason, war völlig aufgelöst, hat mir alles Gutes gewünscht und ist gefahren. Sag, Mason, was ist denn bloß los?"

Das wüsste ich auch gerne. Bloß: Ich habe keine Ahnung. Als ich am Morgen losgefahren bin, haben wir uns ganz normal verabschiedet, und Bekka war eben genau so: ganz normal. Zumindest ist mir nichts an ihr aufgefallen. Sie war nicht traurig, nicht sauer, ich habe auch nichts von irgendwelchen Stimmungsschwankungen gemerkt.

„Du sagtest, sie kam zurück, aber wo war sie denn überhaupt?“

„Soweit ich weiß, unten im Dorf. Sie …“

Den Rest höre ich gar nicht mehr, denn da arbeiten meine Gedanken schon wieder auf Hochtouren. Warum sollte Bekka aus dem Dorf zurückkommen, ihre Sachen packen und sich fluchtartig auf den Weg zurück nach London machen? Das will mir nicht in den Kopf.

Irgendetwas muss vorgefallen sein im Dorf, aber was? Hat sie vielleicht die Zeit genutzt, um über sich und mich nachzudenken, und ist zu dem Schluss gekommen, dass sie nichts für mich empfindet?

Ein Kloß bildet sich in meiner Kehle. Es ist seltsam, aber allein der Gedanke, nun ohne Bekka zu sein, lastet wie ein Felsbrocken auf meinen Schultern. Plötzlich fühle ich mich einsam. Dabei kennen Bekka und ich uns gar nicht mal so lange, und anfangs haben wir uns nicht mal verstanden. Zudem war es immer klar, dass sich unsere Wege wieder trennen werden.

Was also ist passiert?

„Du liebst sie, nicht wahr, Junge?“

Mairins Frage reißt mich aus meinen Überlegungen. Ich erstarre. Liebe? Ich habe geglaubt, nie wieder in meinem Leben von Liebe sprechen zu können. Aber ich kann es nicht leugnen: Genau so fühlt sich das, was ich für Bekka empfinde, an.

Wie Liebe.

Sofort meldet sich mein Gewissen. Darf das

überhaupt sein? Darf ich wieder lieben?

„Das mit Enya ist acht Jahre her, Mason", errät Mairin das, was in mir vorgeht. So etwas konnte sie schon immer gut. „Du begehst keinen Verrat an ihr, wenn du dein Glück findest, denn genau das hätte Enya gewollt: dass du glücklich wirst. Außerdem bedeutet es ja nicht, dass du Enya vergisst, wenn du eine andere Frau liebst. Ich weiß, dass Enya immer einen Platz in deinem Herzen haben wird. Aber dein Herz ist groß genug für die Vergangenheit *und* die Zukunft." Sie lächelt. „Also los, sieh schon zu, dass Bekka nicht einfach auf Nimmerwiedersehen verschwindet. Hol sie dir!"

Noch einmal sehe ich Mairin unsicher an, dann hält mich nichts mehr. Ich bin schon fast weg, als ich mich noch einmal umdrehe, auf Mairin zugehe und ihr einen Kuss auf die Wange gebe.

Kurz darauf sitze ich in meinem Wagen und fahre los. Welche Richtung Bekka genommen hat, ist mir klar, von hier aus gibt es nicht allzu viele Möglichkeiten, in Richtung London zu kommen, um genau zu sein, es gibt nur eine Straße, die sie nehmen kann. Allerdings habe ich keine Ahnung, wie weit sie schon gefahren ist und wo ich sie einholen werde.

Ich drücke aufs Gas.

Doch schon nach wenigen Minuten sehe ich Bekkas himmelblauen klapprigen Vauxhall am Straßenrand stehen – mit hochgeklappter Motorhaube.

Ich kann mir ein Grinsen nicht verkneifen. Unwillkürlich muss ich an den Tag zurückdenken, an dem wir uns zum ersten Mal begegnet sind. Ich habe

Bekka, kaum dass sie mein Büro betreten hatte, wieder rausgeworfen. Dann wollte ich, dass sie doch blieb, aber sie war schon weg. Dachte ich.

Damals hatte ich das Glück, dass ihr Wagen sie im Stich gelassen hatte.

Auch heute habe ich dieses Glück.

Tja, damals verglich ich das noch mit diesen bescheuerten Wendungen, wie sie zuhauf in diesen Millionärs-Liebesromanen vorkommen. Hanebüchener Unsinn halt.

Heute habe ich ein anderes Wort dafür.

Schicksal.

Und eins steht mal fest: Der Monteur, den ich damit beauftragt habe, Bekkas Wagen zu reparieren, wird wahrscheinlich zum ersten Mal in seinem Leben eine kräftige Bonuszahlung bekommen, weil er seine Arbeit *nicht* gut gemacht hat.

FÜNF

Bekka

„Na, da hat mein Techniker wohl ganze Arbeit geleistet, was?"

Ich zucke zusammen, als die Stimme irgendwo neben mir erklingt, richte mich ruckartig auf – und stoße mir den Kopf prompt an der Unterseite der hochgeklappten Motorhabe.

„Aua!"

Sofort spüre ich eine Hand an meiner Schulter. Die besorgte Frage „Ist alles in Ordnung" folgt prompt.

Ich weiche zurück, richte mich wieder auf, dieses Mal ohne mir wieder den Kopf anzuschlagen, und starre Mason an. Wieso, zum Teufel, ist er hier? Ist er mir hinterhergefahren? Oder nur zufällig vorbeigekommen?

„Ganze Arbeit?", funkele ich ihn verärgert an. „Mein Wagen hat schon nach ein paar Minuten wieder angefangen zu stottern, und jetzt … du siehst es ja! Da geht nichts mehr!"

Ich muss mich zwingen, ihn nicht direkt anzusehen, da ich schon wieder merke, wie ich (sehr zu meinem Widerwillen!) bei seinem Anblick förmlich dahinschmelze.

Oh nein, und jetzt lächelt er auch noch!

Schnell wende ich ganz den Blick ab.

„Das meine ich ja", sagt er. „Der Techniker hat

wirklich ganze Arbeit geleistet. Denn wenn er deinen Wagen richtig flottgemacht hätte, würden wir jetzt nicht hier stehen und reden. Und reden sollten wir. Also – warum willst du weg, Bekka?"

Das fragt er noch? Allen Ernstes? Aber ja, warum sollte er es auch nicht fragen? Er kann ja nicht wissen, dass ich ihn mit Miss Blondchen gesehen haben. Außerdem ahnt er wahrscheinlich nicht mal, was ich wirklich für ihn empfinde. Für ihn war das mit uns nur eine kurze unverbindliche Affäre. Kam ihm gelegen. Gut und schön. Mehr ist da nicht.

„Wie warum?", erwidere ich deshalb und zucke die Achseln. „Es war doch von Anfang an klar, dass ich nur bleiben werde, bis das Manuskript fertig ist, oder nicht? Ich war hier, weil Mr. Davenport mir einen Auftrag gegeben hat. Der ist nun erledigt. Also, das war's dann."

„Das war's dann?" Ungläubig sieht er mich an. „Ich dachte, in der Zwischenzeit hätte sich so einiges geändert."

Geändert? Woran soll sich denn etwas geändert haben? Daran, dass er mit jedem x-beliebigen Blondchen herummacht, wohl nichts. Habe ich mit eigenen Augen gesehen.

„Was meinst du?", will ich wissen.

„Na, zum Beispiel, dass wir uns nähergekommen sind. Privat."

„Wir hatten Sex. Und? Den hast du doch ständig."

„Du meinst im Club." Er senkt den Blick leicht. „Stimmt, das war mal so."

„War?"

„Ich habe meine Mitgliedschaft gekündigt."

Das ist jetzt eine Überraschung. „Aha. Und warum? Weil du festgestellt hast, dass es günstiger ist, dich nur noch mit Miss Blondchen zu vergnügen?"

„Miss … wer?", fragt er und zieht die Brauen zusammen. Dann scheint er langsam zu begreifen. „Moment mal, du meinst doch nicht etwa … Isla?" Er senkt den Blick. „Du hast uns gesehen, stimmt's? Im Café."

„Durch die Fensterscheibe, jawohl!"

„Und offenbar hast du die falschen Schlüsse gezogen."

„Die falschen Schlüsse?" Jetzt will er mich wohl richtig zum Narren halten, was? „Ich weiß doch wohl, was ich gesehen habe. Ihr habt euch umarmt und geküsst."

Jetzt lacht er – und sieht mit seufzend an. „Das war nicht so, wie du denkst, Bekka. Das war rein freundschaftlich."

„Freundschaftlich? Aha. Und das soll ich dir glauben?"

„Ja, das sollst du! Weil es wahr ist." Er schüttelt den Kopf. „Ich kenne Isla schon lange, und sie war für mich nie von Interesse. Ihr Vater war ein enger Freund von mir. Deshalb ist sie eher so etwas wie … eine Schwester für mich. Ich weiß zwar, dass sie ein bisschen für mich schwärmt, aber das hat niemals auf Gegenseitigkeit beruht."

„Und warum warst du dann bei ihr? Und jetzt sag nicht, um Kaffee zu trinken."

Er lacht wieder. „Na ja, da es sich dort um ein

Café handelt, wäre das aber durchaus naheliegend, oder? Allerdings hast du recht. Es ging nicht um den Kaffee dort, sondern um das Café selbst."

Hä? Was soll das denn jetzt? Ich winke ab. „Komm schon, Mason, sag mir, was du zu sagen hast, und dann lass mich in Ruhe, damit ich den Pannendienst rufen kann."

„Ich sagte, dass es um das Café geht." Er stößt ein Seufzen auf. „Schau mal, Bekka, das Café ist seit Jahrzehnten von ein und derselben Familie geführt worden. Aber dann starb vor zwei Jahren zunächst Islas Mutter, vor ein paar Monaten auch ihr Vater."

„Das tut mir leid für Isla", sage ich und meine es auch so.

„Nun ist es nicht so, dass Isla gar nicht an dem Café hängt, aber obwohl es immer der größte Wunsch ihrer Eltern war, dass sie es einmal in deren Sinne fortführt … es ist einfach nicht ihre Welt. Was wahrscheinlich auch damit zusammenhängt, dass sie schon von klein auf dort mitgearbeitet hat. Nun hatte sie vor einiger Zeit schon mal mir gegenüber den Wunsch geäußert, mal etwas anders zu tun. Sich völlig neu zu orientieren, von vorn anzufangen. Am liebsten würde sie das Café verkaufen und nach London gehen." Er hob die Schultern. „Tja, und nun hat sie einen Käufer gefunden."

„Ach ja?", frage ich, reichlich desinteressiert. „Und wen?"

„Mich."

Ich blicke auf. „Wie – dich?"

„Ich habe das Café gekauft, Bekka. Für dich."

„Für …“ Ich schnappe nach Luft. „Was sagst du da?“

„Du hast schon richtig gehört. Ich habe es gekauft, damit du dir deinen Traum von einem eigenen Café erfüllen kannst. Hier bei mir. Du kannst es genau so einrichten, wie du dir schon immer dein eigenes Café vorgest…“

„Bei dir?“, frage ich. „Wie … meinst du das?“

„Na, so wie ich es sage.“ Er sieht mir tief in die Augen. „Ich liebe dich, Bekka. Ich habe es erst nicht wahrhaben wollen, dachte, in meinem Herzen sei kein Platz für eine neue Liebe, aber da ist Platz. Viel Platz. Nur für dich. Enya wird immer ein Teil meiner Vergangenheit sein, aber du bist meine Gegenwart und Zukunft.“

Jetzt klopft mein Herz auf einmal ganz heftig, und in meinem Bauch scheinen tausend Schmetterlinge herumzuflattern. „Du … liebst mich?“, bringe ich heiser hervor.

Er schaut mir noch tiefer in die Augen – du meine Güte, wie tief geht das denn noch? Meine Knie werden schon ganz weich, und mir wird ganz schummerig.

„Ja, ich liebe dich, Bekka“, sagt er. „Ich glaube, ich habe dich schon vom ersten Moment an geliebt.“

„Ich dich auch“, erwidere ich, und jetzt sprudelt alles wie ein Wasserfall aus mir hervor. „Ich liebe dich auch, Mason, und ich glaube, tief in meinem Herzen war mir das auch von Anfang an klar. Aber nach allem, was in der Vergangenheit bei mir passiert ist … Ich hatte einfach Angst davor, mich zu verlieben.“

„In so jemanden wie mich?“

Ich lächle. „Ja, in so jemanden wie dich. Aber dann habe ich erkannt, dass du nichts mit dem, was in meinem Leben vorgefallen ist, zu tun hast. Du kannst dafür nichts. Du bist du. Ein völlig eigenständiger Mensch, und genau darauf kommt es an: auf den jeweiligen Menschen. Und als ich das begriffen hatte, wusste ich, dass mein Herz für dich schlägt. Aber ich wusste halt nicht, wie deine Gefühle für mich sind, glaubte, dass du das mit uns höchstens als lockere Affäre angesehen hast."

„Da hast du dich getäuscht. Ich kann es nicht oft genug sagen: liebe dich, Bekka. Von ganzem Herzen."

„Ich liebe dich auch."

Und als er sich jetzt zu mir herunterbeugt und mich zärtlich küsst, schlinge ich die Arme um seinen Nacken, schließe die Augen und bin einfach nur glücklich.

Glücklich darüber, hier in Schottland meine große Liebe gefunden zu haben.

„Ich muss mich auf jeden Fall bei Mr. Davenport bedanken", sage ich, als wir uns voneinander lösen. „Dafür, dass er mich zu dir geschickt hat."

Mason nickt. „Ja, ich sollte mich auch bei ihm bedanken. Dafür, dass er dich mir auf den Hals gehetzt hat."

Lachend boxe ich ihm in die Seite. „Und ich muss mich bei Linda bedanken", sage ich.

„Wieso das?"

„Weil sie recht behalten hat mit dem, was sie im Pub zu mir sagte: Kein Millionär ist auch keine Lösung." Ich werde ernst. „Hör mal, wegen der Sache mit dem Café …"

„Ja?"

„Das … ist wirklich lieb von dir, aber … das geht nicht."

Er sieht mich fragend an. „Und wieso?"

„Zwei Gründe, die dagegen sprechen."

„Also gut. Erstens?"

„Ich kann keinen Kaffee kochen. Was also soll ich mit einem Café? Und jetzt komm mir nicht mit irgendwelchen Ausflüchten. Du hättest dich fast übergeben, als du meinen Kaffee probiert hast."

Er muss lachen. „Ja, das kann ich nicht abstreiten. Aber woran das lag, wissen wir beide ja nun. Wenn du also deine, nennen wir es mal Geheimzutat, wenn du die also weglässt …"

„Fehlt dem Kaffee das besondere Etwas."

„Aber wieso denn? Du weißt doch jetzt, was deine Uroma da in Wahrheit reingetan hat."

„Ja, schon, aber ich habe ja keine Ahnung, ob das wirklich so ein Kracher ist. Ich habe es noch nicht ausprobiert."

„Dann probiert es aus. Und selbst wenn es nicht der Kracher wird, wie du sagst …" Er sieht mich an. „Ich habe ein Kaffee-Seminar für dich gebucht. Es findet in London statt und wird von einem der bekanntesten Kaffee-Experten der Welt veranstaltet. Nur für dich."

„Aber das … das muss ja ein Vermögen kosten", sage ich.

Betrachte es als Dank für deine Hilfe bei meinem Roman. Sonst hätte ich auf ewig das Gefühl, dir etwas schuldig zu sein."

„Also gut, das ist ... toll. Vielen Dank, Mason. Aber da kommen wir schon zu Punkt zwei."

„Der da wäre?"

„Ich kann unmöglich ein solches Geschenk von dir annehmen. Also jetzt nicht das Seminar, sondern das Café. Das geht einfach nicht. Ich will eins klarstellen: Ich liebe dich als Mensch und nicht, weil du Millionär bist."

„Wer spricht denn von einem Geschenk? Das Café ist dein Honorar."

„Honorar?" Jetzt verstehe ich – wieder einmal – gar nichts mehr.

„Ich habe gestern Abend mit Andrew telefoniert. Und ihm ein unwiderstehliches Angebot gemacht."

„Aha. Und was für eins?"

Er hebt eine Hand. „Immer der Reihe nach. Also, zunächst einmal: Andrew weiß nun Bescheid, was meine ... Lüge angeht. Er weiß jetzt, dass mein erster Roman nicht von mir stammt, sondern von meiner Mutter."

Ui. Ich schlucke. „Und? Wie hat er reagiert?"

„Du weißt, dass er gern mal hyperventiliert, wenn ihn etwas schockt?"

Ich schlucke direkt noch mal. „Ja, allerdings."

Mason winkt ab. „Keine Angst, er hat sich schnell beruhigt. Nicht zuletzt wohl, weil ich ihm, wie schon erwähnt, ein unwiderstehliches Angebot unterbreitet habe. Ich habe mich nämlich einverstanden erklärt, einen Millionärs-Liebesroman zu schreiben."

„Im Ernst?" Jetzt bin ich baff. „Wie kommt das?"

„Na ja, ich musste halt auch an diesen Spruch von deiner Freundin denken: Kein Millionär ist auch keine Lösung. Ich musste da irgendwie an uns denken und daran, dass es doch ganz schön wäre, eine Geschichte ähnlich wie unsere niederzuschreiben. Gemeinsam."

„Gemeinsam ..." Ich lächle. „Ja, das klingt in der Tat sehr schön. Auch mir ist nämlich in der letzten Zeit eins klar geworden, und das sollte ich Linda auch bald mal sagen."

„Und das wäre?"

„Dass nichts Schlimmes daran ist, Trends zu folgen. Immerhin ermöglichen diese Trends es Verlagen und Autoren, den Buchmarkt mit immer neuen Geschichten zu bereichern und für diese Geschichten ein größtmögliches Publikum zu finden."

„Ist halt so ähnlich wie mit den Eulen, nicht wahr?"

Ich lache. „Ja, könnte man so sagen. Und was jemand liest, ist auch egal. Hauptsache, es gefällt ihm."

„Ein wahres Wort." Mason räuspert sich. „Jedenfalls hat Andrew heute Früh direkt mit dem Verlag gesprochen, und stell dir vor, unter diesen Umständen wollen sie doch weiter mit mir zusammenarbeiten. Die Tatsache, dass mein erstes Buch in Wahrheit von meiner Mutter stammt, wollen sie wohl irgendwie sentimental verkaufen. Aber Andrew sorgt dafür, dass alles im Rahmen bleibt. Und sie haben direkt mal ein Angebot für unseren gemeinsamen Millionärs-Roman gemacht, Bekka. Mit deinem Anteil kannst du mir dann problemlos das Café abkaufen. Also, was sagst du dazu? Bist du dabei?“

„Da fragst du noch?“, erwidere ich begeistert, stelle mich auf die Zehenspitzen und küsse ihn. „Natürlich bin ich das. Und ich weiß sogar schon, wie unser Roman heißen wird.“

„Ach ja? Und wie?“

„Kein Millionär ist auch keine Lösung.“

SECHS

Andrew

Zehn Monate später.

„Und? Wie schmeckt Ihnen der Kaffee, Mr. Davenport?"

Keine Ahnung. Ich hab noch nicht probiert. Ehrlich gesagt, ich trau mich nicht. Die Tasse, die vor mir steht, ist hübsch, wirklich. Feinstes Porzellan, mit einem altmodischen, aber zum Café passenden Blumenmuster drauf. Und der Kaffee darin sieht … gut aus. Wie Kaffee eben. Er duftet verführerisch, wirklich.

Aber Sie kennen ja die Sache mit dem gebrannten Kind und so. Nun, was Bekkas Kaffee angeht, bin ich wirklich ein gebranntes Kind. Mason hat mir zwar versichert, dass der Kaffee jetzt nicht mehr so ist wie früher. Und das nach dem Umbau neu eröffnete Café besteht ja nun auch schon seit über zwei Monaten, und ich habe noch nichts von irgendwelchen Lebensmittelvergiftungen oder gar Todesfällen gehört. Zudem scheint es sich großer Beliebtheit zu erfreuen, wie Mason mir erzählte. Und er selbst trinkt den Kaffee ja auch …

Es ist der Tag der Präsentation des Buches, das Mason und Bekka hier in Schottland gemeinsam fertiggestellt haben, nachdem der Abgabetermin längst überschritten war. Es war Bekkas Idee, die Präsentation nicht, wie üblich, in einer Buchhandlung zu veranstalten, sondern in ihrem Café.

Während drinnen schon die Presse und interessierte Gäste auf den Beginn warten, sitzen Mason, Bekka, Mairin, Linda und ich draußen auf der Terrasse. Ich werfe nun einen Blick zu Bekkas Freundin aus London.

Linda strahlt. „Der Kaffee ist wirklich toll, Mr. Davenport", schwärmt sie. „Der beste Kaffee, den ich je getrunken habe. Ich hätte wirklich nie gedacht, dass ich so etwas jemals von Bekkas Kaffee sagen würde."

Nun sehe ich Mairin an. Auch Masons Haushälterin nickt lächelnd. „Das ist Kaffee, wie er sein muss", sagt sie.

„Nun kommen Sie schon, Mr. Davenport", drängelt Bekka. „Trauen Sie sich endlich. Seien Sie mutig!"

Seufzend blicke ich wieder die Tasse vor mir an. Dann nicke ich mir selbst zu. Also gut, da muss ich jetzt wohl durch.

Ich ergreife den Henkel mit spitzen Fingern, hebe die Tasse an meine Lippen, puste kurz – und nehme den ersten kleinen Schluck.

Ho, was ist das? Das ist ja … Also, ich muss schon sagen …

Ich nehme noch einen Schluck, um mich zu vergewissern, nicht bloß geträumt zu haben, dann stelle ich die Tasse wieder ab und blicke Bekka an.

„Es tut mir wirklich leid, Ihnen das sagen zu müssen, Bekka."

Stille.

„Aber das Café hier können Sie nicht weiterführen. Sie müssen es schließen."

Wieder Stille.

„Ich verlange nämlich, dass Sie gleich morgen wieder bei mir anfangen. Und im Vertrag wird auch ausdrücklich vereinbart, dass Sie sich verpflichten, mir jeden Tag Kaffee zu kochen!"

Erneut kurze Stille, dann lachen alle, und ich sehe Bekka an, dass ihr ein riesiger Stein vom Herzen fällt.

„Also schmeckt Ihnen mein Kaffee, Mr. Davenport? Wirklich?"

„Allererste Sahne", versichere ich und nehme noch einen Schluck. Dann gehen wir hinein ins Café, um mit der Buchpräsentation zu beginnen.

Das Café ist übrigens wirklich hübsch eingerichtet. Blümchentapeten, Blümchentischdecken, hübsche Bilder an den Wänden, und alles ist liebevoll dekoriert und dezent beleuchtet. Die Sitzgelegenheiten sind vor allem gemütlich, und überall steigt einem der Duft von frisch aufgebrühtem Kaffee in die Nase. Alles erinnert irgendwie an früher bei Oma zu Hause.

Die Präsentation wird ein voller Erfolg. Alle hören gespannt zu, wie Mason Passagen aus dem Buch vorliest. Auch Bekka liest ein wenig vor, denn Mason verheimlich nicht, dass es vor allem ihr zu verdanken ist, dass dieses Buch überhaupt fertig geworden ist. Und mich erwähnen die beiden auch lobend. Weil ich Bekka zu ihm geschickt habe …

Nach der Lesung beantwortet Mason noch Fragen der Journalisten. Zur Sprache kommt natürlich auch die Tatsache, dass sein Debüt „Unsterbliche Liebe“ in Wirklichkeit das Werk seiner Mutter ist. Diese Information hat der Verlag vor einigen Wochen offiziell bekanntgegeben, und bisher ist das Ganze positiv aufgenommen worden, vor allem auch bei den Lesern. Nach einigen Erklärungen von Mason persönlich haben die Menschen in den sozialen Netzwerken Verständnis gezeigt, und es scheint sich niemand wirklich hintergangen zu fühlen. Dass er seiner Mutter ihren großen Wunsch erfüllt hat, finden die Leute gut. Zumal Mason damals eine sehr schwere Zeit durchgemacht hat.

Auch jetzt beantwortet er Fragen zu diesem Thema offen und ehrlich, was bei den Pressevertretern gut ankommt.

Er redet aber nicht nur über die Vergangenheit, sondern gibt auch einen Ausblick auf die Zukunft und verkündet, dass er das nächste Buch schon schreibt, und zwar zusammen mit Bekka, und dass es ein für sie beide ganz besonders wichtiger Roman werden wird.

Und dann kommt das wohl für alle Unerwartete, als er sich plötzlich vor Bekka niederkniet, ihre Hand nimmt und sagt: „Manchmal kann ich nicht fassen, dass ich das große Glück hatte, dir zu begegnen. Auch wenn unser Start nicht gerade wie im Märchen begann – ohne dich zu sein, kann ich mir gar nicht mehr vorstellen. Und weil ich mich, wie mein Freund und Agent Andrew immer sagt, glücklich schätzen kann, eine so tolle Frau wie ich abbekommen zu haben, kam ich zu dem Schluss, dass ich wohl besser Nägel mit Köpfen machen sollte. Sonst erkennst du am Ende noch, dass du etwas viel Besseres verdienst hast als mich.“ Er küsst Bekkas Fingerknöchel, einen nach dem anderen, ehe er sie loslässt und ein Ringetui aus der Tasche zieht. „Bekka, meine Liebe, mein Leben – erweist du mir die Ehre, meine Frau zu werden?“

Und als sie jetzt laut und deutlich Ja sagt und Mason sie daraufhin zärtlich küsst, da müssen sich die Damen im Saal die eine oder andere Träne aus den Augenwinkeln wischen, allen voran natürlich Mairin und Linda.

Ob ich auch vor Freude weine? Aber ich bitte Sie! Wie alle anderen Männer im Café lässt mich das alles natürlich völlig kalt, ist doch klar, oder?

Was das da Feuchtes in meinen Augen ist?, fragen Sie. Na, eine Allergie natürlich, was denn sonst …?

EPILOG

Mr. Ed

Als ich in der Zeitung den Bericht über die Buchpräsentation von Mason Cromwells neuestem Roman lese, muss ich unwillkürlich schmunzeln.

Eine Hochzeit steht also bevor … Wer hätte das gedacht?

Als Mason vor zehn Monaten seine Mitgliedschaft in meinem Club gekündigt hat, dachte ich noch, dass das eine vorübergehende Phase ist. Wissen Sie, es kommt nicht selten vor, dass ein Club-Mitglied meint, die Liebe seines Lebens gefunden zu haben und schwört, nie wieder in den Club zu kommen. Aber wenn dann die erste Verliebtheit vorbei ist, die Schmetterlinge weiterziehen oder die Beziehung zerbricht, kaum dass sie richtig angefangen hat, sind die lieben Herren schnell wieder da.

Doch bei Mason scheint es wirklich ernst zu sein, und das freut mich für ihn. Ja, wirklich. Glauben Sie nicht? Warum? Weil mir jetzt zwei Millionen Pfund im Jahr plus die Kosten für Eintritt, Getränke und seine Suite entgehen? Vergessen Sie's. Das sind Peanuts für mich. Außerdem gibt es genug Millionäre auf der Welt.

Nein, ich freue mich wirklich für Mason. Er ist ein feiner Kerl, der einiges mitgemacht hat im Leben, und ich wünsche ihm, dass sein Glück von Dauer ist.

Ich werde aus meinen Gedanken gerissen, als

mein Handy den Eingang einer Textnachricht vermeldet. Ryan Jackson kündigt seinen Besuch im Club für kommende Woche an. Das ist interessant. Von ihm habe ich länger nichts mehr gehört.

Jackson stammt aus den USA, ist Selfmade-Millionär und ein absolut skrupelloser Geschäftsmann.

Immer, wenn er in London ist, kommt er auch in den Club – und lässt da die Puppen für sich tanzen. Das ist wirklich ein Kerl, von dem man sicher sagen kann, dass er niemals heiraten wird. Zum einen, weil er nichts von der Ehe hält, und zum anderen, weil keine Frau je in der Lage sein wird, ihn zu zähmen.

Obwohl … vielleicht, wenn man ein bisschen nachhilft? Ich weiß gar nicht so genau, wieso ich plötzlich über so was nachdenke. Aber nachdem ich erfahren habe, dass Mason Cromwell seine Bekka heiraten wird … irgendwie hab ich da gerade so ein bisschen meine sentimentalen fünf Minuten, und ich denke mir, dass auch Ryan Jackson ein solches Glück verdient hätte.

Mir kommt da auch schon eine Idee …

EINE BITTE DER CLUBMANAGERIN

Zunächst einmal: Herzlichen Dank, dass Sie „Kein Millionär ist auch keine Lösung“ gelesen haben! Wie Sie feststellen konnten, handelt es sich um einen abgeschlossenen Roman. Aber es könnten mehr Romane erscheinen, in denen der Millionaires NightClub eine Rolle spielt. Einer ist schon in Planung – einen Vorgeschmack hat Ihnen gerade ja bereits mein Boss, Mr. Ed, gegeben, der Besitzer des Clubs.

Das Ganze klappt aber nur, wenn der erste Roman entsprechend ankommt. Die gute Nachricht: Sie können dabei helfen. Wie? Ganz einfach! Schreiben Sie eine Rezension und veröffentlichen Sie sie auf Amazon!

Kundenrezensionen auf Amazon sind die wirkungsvollste Möglichkeit, Romanen von Indie-Autoren zu einem breiten Publikum zu verhelfen. Und dabei können Sie sogar etwas abstauben! Denn wenn Sie den Link zu Ihrer Rezension zusammen mit Ihrer Adresse an winter.romane@gmail.com senden, erhalten Sie eine kleine Aufmerksamkeit aus dem Millionaires NightClub!

Na, ist das was? Dann mal ran an die Tasten!

Herzlichst,
Ihre Emmi Winter

Printed in Poland
by Amazon Fulfillment
Poland Sp. z o.o., Wrocław

54111267R00157